我的文青時代

蔣勳

目次

輯二 一餉貪歡

特別收錄

自序

文青時代

母親講的故事

童年時記憶最深的是母親講的故事。

母親喜歡看戲、讀很多演義小說，《封神榜》、《七俠五義》等等。她也愛聽民間說書，「武松打虎」、「白蛇水漫金山」，都是她童年和文青時代聽來的。她說：「西安城城門口有說書的瞎子，說武松打虎，一個拳頭要打下去，講了好幾天。」

所以，那時代的文青，或蹲或站，在城門口，丟一兩個銅板，聽一晚上的「水滸」、「三國」。

聆聽來的故事，是聲音的記憶。我最早的文青故事，伴隨著母親的聲音。聲音有抑揚頓挫，有許多激動或平靜的呼吸，有敘述一個故事時人的溫度。

我現在還記得白蛇許仙在斷橋告別，敘述那一段，母親的聲音裡有多少白素貞的委屈，有多少對法海的厭恨。

母親是愛說故事的，她在戰亂裡東奔西走，其實很受顛簸磨難，然而，她說起故事來，儼然又是那個站在城門口聽瞎子說「蕭何月下追韓信」的文青少女。

人類的古老文明裡，好像一開始都是聽覺的傳唱。還沒有文字，所以，荷馬史詩「特洛伊」的故事是傳唱，印度教《摩訶婆羅多》、《羅摩衍那》的故事也是傳唱，連最早的《詩經》「昔我往矣，楊柳依依。今我來思，雨雪霏霏」，也是傳唱。

還沒有文字，所以聲音可以那麼好聽。沒有文字，所以學會了聆聽。也把聆聽來的故事，再重複傳唱出去。

詩的歷史，文學的歷史，文明的故事，都靠著口口相傳，傳唱在山邊海域，傳唱在大街小巷，傳唱在窮鄉僻壤。

我在南王部落，卑南的男男女女唱歌都好聽。或許是因為部落傳統沒有文字，他們的歷史就是歌聲。

一代一代的文青接力，把美麗的故事傳唱下去。

我識字以後，學習慢慢閱讀。漢字的閱讀，需要一點時間，比較累。我還是依賴著母親的聲音，央求她說故事給我聽。

小學五年級，我開始獨自閱讀了，在學校圖書館閱讀一本《愛的教育》，內容全忘了。

為什麼母親用聲音講述的故事到現在我都清晰記在腦中？聲音的委婉跌宕起伏，似乎比視覺文字更讓我迷戀。

小學五年級，母親知道我喜歡聽故事，就帶我到衡陽路，買了一本《希臘羅馬神話集》。

我很喜歡讀那本書，讀維納斯從海洋的泡沫裡誕生，讀宙斯化身成天鵝，愛戀美女麗妲，生下兩個天鵝蛋。

那似乎是我閱讀形式文青的開始，但是沒有母親的聲音，到現在，希臘神話的故事似乎都像默片。

我後來學著用母親講《白蛇傳》的聲音講伊卡洛斯（Icarus）飛起來的夢想。他是少年，像所有的文青，都夢想飛起來，然而他的羽毛翅翼是用蜂蠟黏合的，愈靠近太陽，封蠟融化愈快。羽毛飛散，他從高空墜落，摔死了。

我總覺得伊卡洛斯是第一個摔死的文青，摔死在自己過度的夢想裡。

他的翅翼其實無法承載那麼沉重的夢想。

保安宮廟口的文學、音樂、美術與戲劇

我從大龍國小畢業，但是，回想起來，小學時影響我最大的，不是學校，而是保安宮這座廟宇。

大龍峒是同安人移民建立的社區，同安人從故鄉帶來大道公的信仰，信奉保生大帝，保護同安人，因此有一座傳承久遠的保安宮。

大龍國小在保安宮的東側，每天走到國小上課，一定經過保安宮。

有時是直接從廟宇後門進入後殿，後殿一排，祀奉神農、文昌、武聖，東北角落還有一幽暗空間，據說是祀奉最早從故鄉帶來的保生大帝的像。神像很小，據說是移民來台，揹在身上，一路護佑。

後殿往前走，東、西兩側各有一條長廊。長廊圍繞正殿，隔著大約兩公尺距離，剛好可以瀏覽正殿東、西、北三面的壁畫。壁畫的內容與宗教信仰無關，多是野台戲演出的人物，有「花木蘭從軍」，有「徐庶的母親用硯台擲打勸說兒子叛節降曹的使者」，有虎牢關「三英戰呂布」的三國故事，也有民間家喻戶曉的「八仙過海」。

小學時很喜歡這些壁畫，喜歡藍采和、何仙姑、韓湘子的俊美優雅，很有文青氣質。但不很了解為什麼跛腳的李鐵拐、駝背佝僂倒騎毛驢的張果老、大肚便便的漢鍾離也可以位列「八仙」。

文青畢竟有文青的限制吧，當時也曾看著畫師坐在木梯上，一筆一筆勾畫人物眉眼，手法熟練，回頭問我：「愛繪圖啊……。」我點點頭。後來畫完成了，畫師走了，看到他在畫上留的名字：台南潘麗水。

我最早的美術功課無疑是保安宮的壁畫，雕刻的石柱、獅子，屋簷下栩栩如生的交趾陶「呂布戲貂蟬」，還有燦爛陽光下閃閃發亮的彩瓷剪黏的龍鳳，都在高高屋脊上振翅欲飛。

一九五〇年代，廟宇的西廂住了很多家戰爭難民。在廟檻下簡陋拉幾條布，就住著一家人。

我同班同學也有住在裡面的，陰暗狹窄。早上去學校，也會竄進去找同學，叫他們的名字「羅金！」「羅英」，或是外號「白狼！」

難民遷走以後，那些同學就星散了，其中有人成為詩人，也有人參加幫會，成為頗有名的大哥。

西廂整理乾淨，重新安置神龕神像，就是現在香火頗盛的「註生娘娘」殿。

保安宮有南管的班子，黃昏時三三兩兩，在榕樹下彈唱，聲音悠揚。老樂師用粉筆在黑板上寫了曲牌〈泣顏回〉，下面是我看不懂的工尺譜。笛簫琵琶吹奏，有人站起來，清一清嗓子，委委婉婉吟唱起來。

那是我童年記憶最美麗的聲音，要在好多年後，去了巴黎，聽到一張法國文化部出的ＣＤ，是台南南聲社蔡小月主唱，封面上用字母拼音：NanGuan。

比南管更讓兒童蜂擁向廟口的是亦宛然的布袋戲，那時候沒有人認識李天祿何許人，但是唱詞、道白、動作都讓人迷戀。孩子們很快學會了，也在家扮演起來，用吃完的芒果核，切成兩半，畫了臉，手指套在中空處，咿咿啞啞，開始成為亦宛然的粉絲。

保生大帝壽誕前後，廟口大戲台會連演一兩個月的野台戲。

最重要的節日，總是三台戲班聯演，一樣的戲碼《陳三五娘》、《武家坡》，三個戲班同時演同一齣戲。我們在台下跑來跑去，真是好看。大家都不服輸，聲腔愈飆愈高。那一個戲班喝采最多，立刻放鞭炮，貼出一人高的賞錢。三台戲班如此競賽，觀眾也忙壞了，東看西看，目不暇給。

那是我文青時代最早最早的記憶，看著扛神轎的壯漢，赤足走火，火炭熊熊，大約一百公尺，不斷有人撒鹽，火焰爆出火花，四名赤膊男子，扛神轎起伏升降，踏步若在雲端。後面跟著乩童，用鯊魚劍擊打背部血跡斑斑，「啊……」我認識那乩童，比我年長，六年級，已經有落腮鬍，深目濃眉，常常無緣故跑來緊緊抱我，又一溜煙跑走。

「陳俊雄」，我記得他的名字。

我考取初中，穿著制服，走過廟口。

一個粗粗男人聲音叫我的名字，我回頭看，「陳俊雄」。他騎著腳踏車，幾串剛肢解的豬肉，掛在把手上。「我在市場幫爸爸賣豬肉。」隨手拿了一串，用姑婆芋葉子一捲，塞在我手裡，又騎著車一溜煙走了。

我們好像沒有再見過面，或者，見過，在廟口或市場擦肩而過，可是容顏改換，還會認出彼此嗎？

走過保安宮，還是會習慣站在兩隻守門石獅子前，回想童年夏天，光著上身，趴在石獅子背上午睡，胸口都是石頭的沁涼。

廟會最熱鬧的幾天，會有其他鄉鎮的乞丐，或盲或跛，一身癩痢，坐在泥汙地上，一個破碗，咿啞唱著《陳三五娘》或《秦香蓮》，哀怨委屈，是長大以後在世界輝煌的劇院都再也聽不到的。

保安宮入口那幅正門兩邊的楹聯都還記得：

保世極其誠，誠以真而無妄。

安人盡乎道，道至大而皆亨。

這是嘉慶年間大龍峒讀書人留下的詩句，在文化移民的邊陲，知道信仰萬世不移的基礎是「保世」、是「安民」。文青刻意做作，不容易讀懂這些平實的文字。長大以後讀《易經》，有些深奧難懂處，回想廟上聯語說的「無妄」，「亨」，生活裡，無非希望「無災無妄」，希望事事「亨通順利」。到現在，易經卜卦，還是祈求「無妄」，祈求一個「亨」字。

文化若是貼近萬民的哀樂，也就沒有文青的矜持，恭恭敬敬在「大道公」門口合十敬禮。

木柵的師大附中

中學時，我成為很徹底的文青，寫詩，讀小說，辦壁報，編校刊，無端憂愁。距離「陳俊雄」在市場幫父親賣豬肉愈來愈遠。小學同班的同安人同學升學的不多，走入生活，成為菜販、漁民或勞工，階級懸殊，見面尷尬，也慢慢淡忘了。

我考上的初中是師大附中，但是不在台北本部上課，每天要從當時北區的大龍峒到最南邊的木柵鄉下上課。

這件事現在沒有人了解了，連師大附中的師生可能也甚少人知道師大附中在木柵有一個「分部」。

五〇年代，台灣還在做隨時戰爭的準備。台北的學校，可能因為戰爭爆發，要遷校到鄉下。所以師大附中有「木柵分部」，北一女有「新店分部」等等。

「分部」都選在偏僻有山有水的地方。記得木柵分部四野都是農田，遠處盡頭是連綿不斷的山，進校門有一段沿著溪水的竹林，幽靜而美麗。

「分部」的學生，只有星期一週會要到校本部，一起唱校歌：

附中，附中，我們的搖籃。
滿天烽火，創建在台灣。
玉山給我們靈秀雄奇，

東海使我們闊大開展。

我們來自四方，融匯了各地的優點……

因為每週一次回校本部，我至今還可以唱起附中校歌。我們每學期也會收到《附中青年》，裡面許多詩和散文是我文青時代的養分，後來《附中青年》出事，據說有老師是「匪諜」被逮捕。白色恐怖的年代，這樣的事，像小石子丟進江洋大海，很快就無聲無息。然而我很懷念木柵那個沒有圍牆的「分部」。美術老師是杭州藝專的李文漢，看我畫的人像，一節課站在我身邊和我講敦煌莫高窟的藝術，同班同學一一溜走，跑到戶外玩耍。以後每次美術課，同學都央求我給李老師看畫。

國文老師芮霞，新婚，很美，課外教我填詞，〈虞美人〉、〈相見歡〉。

忘了名字的歷史老師是我的偶像，講到宋朝，可以一口氣背誦好幾首蘇東坡的詩詞文章，口才流利，也是性情中人。

英文老師朱詩蘋，每堂課逼我背五個單字。這麼簡單的事，可我不願意就範，文青叛逆，常被罰站。

我數學一直不好，小學算雞兔同籠，兩隻雞一隻兔在籠裡，問有幾隻「腿」，我反問老師：「為什麼要把雞和兔關在籠裡？」數學因此不及格。

數學老師是教務主任兼任，一個廣東口音的婦人，長年穿黑旗袍，外號「鐵公雞」。

我的母親家長會到學校總是質問「鐵公雞」：「我兒子為什麼數學不及格？」

我很喜歡這個在山水環抱裡的木柵分部，戰爭一直沒有發生，雖然發生了八二三砲戰，還是覺得戰爭很遙遠。

八二三砲戰那年，我出車禍，住在醫院。同病房有一個少年，全身燒傷，用紗網蓋著，呻吟氣息微弱，護士說是「八二三」受傷從金門送回。我第一次聽到「八二三」，戰爭對「文青」如此遙遠，痛苦呻吟戰爭燒傷的身體卻近在咫尺。

沒有圍牆的學校，天空常有鷹隼盤旋，或者俯衝而下，叼起長蛇，電光火石，迅如閃電，即刻遠颺成一小點。

另外一個愛上木柵分部的理由是離家很遠，要從底站的大龍峒坐2號公車到衡陽路，再轉零南公車到木柵。專車的衡陽路站下車就是重慶南路書店街，我如獲至寶，每天下課後，都要在附近書店逗留看書，逗留最多的是重慶南路衡陽路口轉角的「東方出版社」。

東方出版社

五〇、六〇年代的重慶南路書店一家接一家，真是喜歡閱讀的文青的祕密花園。

好像當時學校和縣市的圖書館都還不發達，喜歡閱讀，只有靠書店。

小學時候，班級導師王什麼財，就在蘭州街派出所旁搭一個違建的篷子，租漫畫書給小朋友看。每個星期三是新的《漫畫大王》出刊，小朋友就等著矮小瘦黑的王老師騎車帶剛出爐的《漫畫大王》回來。一本五毛錢。看完收回，還有人在等。那是葉宏甲「諸葛四郎」、「真平」的年代。派出所警察有時也過來看，不多久，王老師的自行車也換了摩托車。

「諸葛四郎」，現在想想，是頗受日本文化影響的漫畫。裡面的「哭鐵面」造型也直接來自日本傳統能劇面具。

五〇年代末到六〇年代初，重慶南路的書店風景和蘭州街口的《漫畫大王》不一樣了。

記憶裡，很多從大陸遷台的老書店，中華書局、世界書局、正中書局、開明書局、商務印書館、東方出版社……。

因為從大陸遷台，帶來很多三〇年代中國新文藝思潮翻譯的西方著作。

三〇年代許多優秀的作家左傾，國民政府遷台，這些作家「陷匪」，著作多成禁書。那個年代，魯迅、沈從文、巴金……都看不到。但是，書店經營者，改頭換面，會大量出版翻譯作品。巴金翻譯過不少法文小說，傅雷翻譯的羅曼·羅蘭有《約翰·克利斯朵夫》，有《巨人三傳》。記得是素白封面，一條黑底反白字書名，風格很強，素樸平實，到現在還是覺得是值得懷念的美學設計。

重慶南路書店街，一家一家逛，很有看頭。

當時詩人周夢蝶在靠近重慶南路的武昌街擺書攤，一襲黑衫，瘦骨嶙峋，像在冥想，也像在打盹。強烈的城市風景，看了一生都難忘。

那是我青少年時的台北。戰爭結束十幾年了，我的身體正在發育。有自己不知道的焦慮苦悶，在書店亂翻書，翻久了，被老闆罵：「買不買啊……。」

他說到重點，那時候真的沒有買書的錢。這家老闆給了臉色，只好到下一家。最後經常看書的地方是「東方出版社」，老闆不趕人，可以安心看書。

《簡愛》、《咆哮山莊》、《傲慢與偏見》，從英國浪漫主義的小說，看到法國的《基督山恩仇記》、《鐘樓怪人》、《悲慘世界》，再看到俄國的《戰爭與和平》、《安娜．卡列尼娜》，一本一本看，下了課就坐車到衡陽路重慶南路口，鑽進書店，站著看，看到忘了時間，知道再不回家要挨打了，趕緊在書頁上折一個角，放回書架。

第二天沒心思上課，總想著安娜．卡列尼娜在火車上遇到軍官，電光火石，不知會如何。

小說這麼迷人，學校的課程如此無聊。每次月考成績都一塌糊塗，家裡責備，學校處罰，可是上了癮，還是戒不掉去東方出版社。

東方出版社拆除了，重慶南路許多書店消失了。

我站在東方出版社前哀悼過，曾經有一個地方讓「文青時代」的我滿足夢想。

學校或家庭的責備處罰都不算什麼。浪漫主義文學裡都在說人的抗爭，磨難挫折、被世界遺棄、孤獨出走，每一本小說的人物都不屑與世俗妥協。

「文青」的核心價值就是「叛逆」吧……。這麼容易向威權屈服，這麼容易走大家都走的路，這麼趨炎附勢，哪裡有資格說自己是「文青」？

木柵分部是一所升學率極高的初中。三年成績夠好，直接保送進師大附中高中部，其他參加聯考，也都考進省立高中。

記得我畢業那一屆，只有我和四名同學落榜，去考私立中學。

我因此進了一所奇怪的高中「強恕中學」。

寫真館

應該談一下文青時代影響我很深的「寫真館」。

「寫真館」在大龍峒四十四坎側邊。四十四坎都是商家，南北雜貨、五穀雜糧、賣油賣醋、五金水電，也有藥鋪、小診所、布疋行、應有盡有，儼然是一個平面展開的百貨商場。

四十四坎有一定店鋪的規格，都一般大小。但是，不知道為什麼，在店鋪和店鋪間夾著一間小小的「寫真館」。

「寫真館」應該是違建，大約一坪大小，前面搭一個簡陋雨棚。「寫真館」有名字，記得招牌上是五個工整漢字——「人生寫真館」。

「寫真館」的老闆是一位年輕人，白淨纖細，兩腿小兒麻痹，站不起來。

他總是盤坐在一坪大小的空間裡，把小小的腿疊在一起。看著面前一張立在畫架上的白紙。白紙大約兩張Ａ４大小，旁邊還夾著一張一寸大小的照片。

那個年代，有照相館，但也不普遍。親人死去，留下一張一寸小黑白照片。

一寸小黑白照片，照片裡的人，男的，女的，穿著唐衫，或者和服。據說都是「遺像」。

「遺像」是同學說的，我不確定。

人死了，留下的照片叫「遺照」。很小，有些是證件上取下來的，蓋著浮水印。

太小的照片，很難掛在家裡祭拜，所以需要「寫真館」放大。

寫真館的殘障畫師在小照片上打格子，在兩張Ａ４的白紙上也打格子。他依據格子的位置，用炭精筆一點一點描摹，用棉花球擦出光影。最後把小照片放大成完全一樣的大照片。

我從小學開始就站在他背後看他精密的手工，常常是好幾個月的時間，讓一張「遺照」栩栩如生。

買家來取件，拿著裝好框可以祭拜的「寫真」，如見親人，歡喜讚歎。

我沒有和畫師交談過，他總是看著小的和大的遺照，似乎從來不看人。

我學習他的技巧，回家也用同樣的方法打格子，把畫報上的奧黛麗·赫本、費雯·麗、洛·赫遜、伊莉莎白·泰勒打了格子，在A4紙上畫，用6B鉛筆，用棉花球，畫出許多電影明星「寫真」。貼在牆上，自己欣賞，學畫師盤起小腿，端詳作品。

殘障畫師，他從未表現過高興或不高興，像一張不會再回來與人間愛恨的「遺照」。

我最早的「美術」，好像是這樣誤打誤撞的學習，與學院美術毫無關係。是街口殘障畫師「人生寫真館」給我的啟蒙吧……。

讀中學以後，不再打格子了，也不再畫電影明星了。喜歡隨意素描自己喜歡的作家，尼采、卡夫卡、卡繆、紀德、齊克果……也是用膠帶貼在牆上，風吹日曬，許多散失了，丟進字紙簍，少部分留下來，讓自己恍惚看到一個文青一路走來心裡那「一坪大小」的孤獨世界。

我很懷念那一坪大小的空間，專心把一個死者復活，讓生者安心的「寫真館」。

強恕高中

初中以後，我就愈來愈偏離正軌教育的航道，走向自己迷戀的文青夢想。在書店站著閱讀小說，在數學本子上畫人物頭像，在日記本上寫神經質的詩句。

陰鬱的文青、叛逆的文青、虛無的文青，瘦削蒼白，一頭天生捲髮，覺得世界不了解你，沒有關係，寧願一個人躲在孤獨角落。文學的世界、美術的世界，有許多同行的伴侶，像暗夜裡仰望時的繁星，不管多麼遙遠，又似乎都近在身邊。

屠格涅夫的《羅亭》、《父與子》，都是自己孤獨對話的朋友。

初中畢業落榜，一點也不意外，進入強恕中學，也沒有預期在學校裡學什麼有意義的事。

然而我的判斷錯了。

強恕高中是一所奇怪的學校，當時校長鈕長耀，三年中，升旗典禮，升完旗就解散，竟然沒有一天「訓話」。

那個年代，學校校長、教官都愛訓話，常常「訓話」一兩小時，大太陽底下，一個一個學生昏倒，還是繼續「訓話」。

「威權」和「訓話」關係密切，「文青」剛好背叛「威權」，也討厭「訓話」。

強恕校長三年升旗典禮都沒有「訓話」，在島嶼的教育史上，可以記一筆。

強恕高中升學率低，外傳是「太保學校」。當時強恕的制服是牛仔布夾克，大紅色襯裡。強恕也有教官，外號「北西北」，據說是他說話時頭偏斜，方向北西北。

「北西北」早上也會在校門口檢查學生儀容，男生流行穿喇叭褲，十一寸褲腳，女生流行短裙，露出一截大腿。「北西北」都會訓誡，手上拿把剪刀，準備剪不合格的頭髮。

但是還好，似乎都是嚇唬嚇唬學生，女生一進校門都有方法把放長的裙邊又從腰際捲起來，外面紮寬皮帶，照樣露一截大腿。

強恕的女生都漂亮，出了一票「中國小姐」、電影明星。

學校學生不愛讀教科書，卻有許多社團，翟黑山老師帶吉他社，幾個搖滾樂團每天練唱。強恕還出了台灣最早的現代舞者崔蓉蓉、原文秀，比雲門舞集還早，她們都是高中一畢業就到美國，參加瑪莎葛蘭姆舞團。

強恕三年，美術社、戲劇社、校刊，日子過得忙碌充實，從來不管考試升學。

對我來說，最幸運的是遇到了陳映真老師，他當時叫陳永善，剛從淡江英專畢業，鈕校長夫人是他的英文老師，賞識他，讓他到強恕任教。大學畢業，二十五歲上下，梳大包頭，穿涼鞋，不修邊幅。和學生玩成一堆，在校園拿著吉他唱「I want to hold your hand……。」

永善老師也帶戲劇社團，我們都看過他與《劇場》雜誌同仁合演的《等待果陀》。

貝克特的戲劇東方出版社看不到，因為永善老師，我的歐洲浪漫主義英雄受苦的文青時代結束了。《劇場》、《現代文學》變成我新的讀物。開始接觸西方現代的存在主義，貝克特、卡夫卡、喬埃斯、吳爾芙、沙特、卡繆……。

永善老師教英文，直接讓學生用英譯本讀卡繆的《異鄉人》。

我應該說，強恕的三年是我快樂的三年，你喜愛的興趣被肯定了，廣播劇全高中第一，我的最早的小說《洛洛的故事》獲得台灣省教育廳高中小說比賽首獎。

《洛洛的故事》寫一個富家少女，每天有三輪車接送上課。有一天他發現車夫的男孩就是同班最要好的同學……。

很簡單的故事，文青的時代，我意識到社會階層差距的痛苦矛盾嗎？我想到許久沒有見到的「陳俊雄」。

因為小說得了首獎，有一個星期請劇團和校刊的同學吃飯旅遊。母親看到報紙得獎消息，獎金已經花完了。

強恕的學生也愛開舞會，跳阿哥哥，跳一半，就有警察來抓。

學校也派我參加各種文藝活動，例如現代詩研習營。救國團主辦，地點在中山北路國父史蹟館鄒容堂，一首新詩很被指導老師瘂弦讚賞，此後也常把我的詩送到不同詩刊發表，包括南洋華人的《蕉風》詩刊，讓我對馬來西亞、新加坡的華人文青有了認識。

世界各地都有「文青」，像十八歲的韓波（Arthur Rimbaud）寫《醉舟》（*Le Bateau ivre*），顛覆巴黎。但是他很快就不寫詩了。賣軍火、流浪在北非，那個年輕的「文青」韓波，好像從來沒有在意自己的詩。

他究竟在意什麼？

像初唐盛世，寫完〈滕王閣序〉的王勃，溺水而死……。

關山難越，誰悲失路之人。萍水相逢，盡是他鄉之客。

他們似乎看到了生命離散流轉，別人在一千年後記得他的句子，也與他無關。

高中的文青，迷戀上了陳映真文體。

永善老師用筆名陳映真發表的一篇一篇的小說，真正成為我文青時代最大的感動力量：〈我的弟弟康雄〉、〈鄉村的教師〉、〈一綠色之候鳥〉、〈纍纍〉、〈哦，蘇珊娜〉……。

至今我還有偏見，覺得不讀〈我的弟弟康雄〉，是不配做「文青」的。

至今難以忘懷，陳映真那些文字優美的篇章，台灣文學史上最深情沉思的詩意語言，如何讓我知道島嶼最寂寞孤獨也最深沉博大的心靈，可能一直被遺忘著……沒有人了解他偉大又空想的烏托邦，美麗又虛無，也可能是島嶼一代一代「文青」對抗「媚俗」、「腐敗」最好的永恆救贖。

所以，文學的意義是什麼？是絕對的孤獨嗎？勇於和整個世界背道而馳，鬱鬱獨行。

我大學時，永善老師被逮捕，因為閱讀馬克思。

我們最後一次見面在明星咖啡屋。七年以後，我從巴黎回來，他從綠島回來，也約在明星咖啡屋。我跟他說：「因為永善老師，我讀了馬克思。」

他苦笑著摸著剛出獄的光頭說：「是嗎？」

他始終批判跨國資本主義，嚮往一個可能有時也讓他猶疑的社會理想，始終和「當權者」劃清界線，從不軟弱，也從不妥協。

永善先生的聲音是我聽過島嶼上最美麗的聲音，從日治時代的基督教福音傳統而來，深沉寬厚，他的聲音讓我知道島嶼應當如何珍惜，最美麗的福音書，最美麗的日文翻譯的契訶夫，奇妙融會成獨一無二的「陳映真文體」。

有一次我說：「老師聲音真好聽。」

他笑一笑，透露了可能從來不為人知的祕密：

「十八歲，在鶯歌鎮，爸爸是牧師，要主持主日布道。有一次他生病，我上聖壇代替他講道。」永善老師有點靦腆說：「鎮上的仕紳好幾家來為女兒提親……呵呵。」

畢業的時候我是感傷的，覺得要離開一個永遠會懷念的校園，永遠會懷念的老師。

站在走廊下，永善老師為我的紀念冊題字，寫下八個字：

求真若渴
愛人如己

華岡——文化學院

我果真是和非正規的教育有很深緣分。強恕之後，覺得就去當兵吧，然後，也許口袋裡插一本詩集去天涯海角流浪。大學填志願，沒有當一回事，胡亂填了幾個，強恕的畢業生，看到別的學校學生戰戰兢兢填一百個志願，都要笑死。

想到《紅樓夢》裡少年寶玉最厭煩他父親那幫子做官讀書人，一腦子名利，偽善做作，「文青」的寶玉給那幫人取了外號「祿蠹」——官場的蛀蟲。

賈寶玉是典型「文青」，三百年前，他就不屑那一批為名利讀書的「祿蠹」。

和整個主流社會背道而行，「文青」沒有這樣的見識和氣魄，也不配做「文青」，至少愧對三百年前「文青」的賈寶玉。

我胡亂填的志願裡有一個「文化學院戲劇系」，不知為什麼填了這科系，大概當時讀了沙特的劇本《無路可通》(*Huis Clos*)，講一個人到了地獄，他不覺得是地獄，身旁的人讀報紙、喝咖啡、扯淡、是非八卦……他終於領悟到原來「地獄」就是我們的日常，你厭煩的日常，你不想聽的八卦，無意義的生活，日復一日，永無止境。

好可怕啊，如果「地獄」就是我們的現在，無休無止……。

這個人拿起水果刀刺向自己，一次兩次。但是不死，不痛，旁邊的人冷笑：「你已經死了，還要做什麼？」

活著，無異於死亡，原來戲劇是可以這樣使人震撼的。

那個奇怪的念頭讓我誤打誤撞進了文化學院，一所剛成立的大學，位置在陽明山上的華岡。

蔣介石時代，陽明山是禁區。從士林官邸，經過今天的仰德大道，沿路都是國安系統布的樁，國安局、情報局今天也還在那裡。禁區一直到陽明書屋，整座陽明山不可能有閒雜人等，當然也不可能設立學校。

陽明山一九五七年發生過嚴重政治事件。一名中華民國少校劉自然被美軍上士羅伯特·雷諾（Robert G.Reynolds）槍殺。雷諾被庇護回國，不接受台灣法律審判。事件鬧得很大，示威群眾包圍美國大使館。

我當時三年級（還是四年級？），小學生，對政治一無所知，父母絕口不敢談。有一天，賣《漫畫大王》的王老師臉色凝重，拿著一張「總統告全國軍民同胞書」。王老師唸了一次，大意是呼籲國民忍讓，不可受「匪諜」煽動。

「文青」有政治潔癖，對政治冷感，只記得讀「告全國軍民同胞書」時，王老師面色慘白。

一九六三年，退休的教育部長張其昀，說服了蔣介石，在「禁區」設立「中國文化學院」。

張其昀是蔣的心腹，才能在「禁區」辦大學。

他是北大系統出身，哈佛博士，後來主掌浙江大學。他一直懷念蔡元培帶領的北大學風吧。最早的文化學院，由一位與黨國關係密切的人規劃，卻意外成為權威禁忌年代學風最開明自由的大學。

我是文化第三屆，上華岡的時候，走在雲霧飄渺的山仔后，紗帽山飛瀑泉流。

張其昀在戒嚴時代的教育理念，也許比今天教育部官方還有創意。

文化學院有戲劇系，戲劇系有國劇組，聘請二戰後最優秀的劇團菁英任教，梁秀娟、楊蓮英、孫元坡……他們多是沒有正規學歷的科班出身，如此被肯定，讓台灣的教育有了不同面向的思考。

不只戲劇系，哲學系有印順法師講《法相》，有陳鼓應講《莊子》，有愛新覺羅毓鋆講儒家哲學。

法文系胡品清彷彿帶著二十世紀初的巴黎魂魄，從《巴黎的憂鬱》走出來，永遠黑墨鏡，白色蕾絲手套，沿著小徑走，不看人。哲學系又像學生又像流浪者的陳平，時時傳來她自殺的消息。不多久，去了西班牙，用筆名「三毛」寫《撒哈拉的故事》。

那是另一個我感謝的校園，新聞系的學長高信疆編《華岡青年》，常找我聊天，和幾位同學創辦「大地詩社」。

我開始一篇一篇發表自己的文青創作：《希望我能有條船》、《勞伯伯的畜牧事業》，嘲諷正規教育，渴望出走流浪。

不知道為甚麼苦悶的年代，知道永善老師被國安單位逮捕了。媒體上看不到任何消息。

我讀著卡夫卡的《審判》、《蛻變》，隱約感覺到「國家」、「政府」的恐怖荒謬。我讀著齊克果、尼采，畫他們的頭像，用膠帶黏貼在書桌前，像是可以傾吐心事的朋友。

那些頭像隨歲月碎散了，丟進垃圾桶。剩下少數幾張，五十多年後，斑駁漫漶，文青時代，再見面，啼笑皆非。

我一九六九年從史學系畢業，感謝「上古史」趙鐵寒老師，感謝「目錄學」楊家駱老師，感謝「西洋史」黎東方老師，感謝「秦漢史」傅樂成老師，讓我有了基礎的史觀。

楊家駱老師沒有書，沒有筆記，上課時坐著，像一尊佛，「經」「史」

「子」「集」，一一道來，學生連抄筆記都來不及。他說，家裡在揚州或南京管《四庫全書》，從小家族晚輩就要負責曬書，曬書時一頁一頁翻。那麼大一部百科全書，幾年曬完一遍，再從頭翻。他的「目錄學」是這樣一輩子的修行，像AI智慧，一部《四庫全書》都在腦中。

遇到這樣的老師，是福氣，知道什麼叫做「求知」。

一九六九年大學畢業，捨不得華岡，捨不得岡上白雲飛瀑，泉流急湍。我考了藝術研究所，當時所長是莊嚴先生，他從北大畢業就進入故宮。戰亂中帶著千年文物跋涉遷徙，北京到貴州，戰後運南京，一九四九年又押運到台中。

我考取研究所的時候，故宮剛落腳外雙溪不久，老師都是一生帶著文物東奔西跑的學者，從年輕跑到老。

莊嚴老師常常笑自己二十幾歲進故宮，一晃半世紀過去，已是「白頭宮女」。教我們「書畫品鑑」時，兩鬢斑白，閉著眼睛，微笑著講《富春山居》上面的印章、題跋，像聊天一樣。

「白頭宮女在」，也許他們是真正傳承歷史的人。

我的文青時代，有幸認識最後一批「白頭宮女」，教玉器的那志良，陶瓷、銅器的譚旦冏、美術史李霖燦諸位老師……我一一致謝。

教佛教藝術的是曉雲法師，她從香港來，早年曾遊學印度泰戈爾大學。

她主持永明寺，上課多帶著四、五位研究生在陽明山上走路。她的廣東話不好懂，她也不太說話。有時停在絹絲瀑布前停下，說：「聽……。」要學生聽水，一聽一、兩個小時。

其實不用管聽到什麼，不用管有人留下，或有人走了。

遇到這樣的老師，你或者一無所得，後來讀《金剛經》，佛陀說他在老師燃燈佛所「一無所得」，忽然想到曉雲法師的「聽水」。

教育裡沒有這樣的老師，學習和思考的意義何在？

服役的時候在鳳山，第一次離開家，第一次到島嶼南方，第一次遇到很多老士官，河南的、山東的、緬甸的……跟我說戰爭，說戰爭裡人活下來的故事，說如何被抓進軍隊，如何逃亡，他們的姓名都不是自己的，每次逃亡，再度被抓，就遞補另一個逃兵。

他們跟我說：「少尉啊，姓名不重要……。」

他們使我感覺「文青」這麼可恥，活得安逸，卻無端憂愁。

那個緬甸士官講金三角撤退，如何斬殺同伴，徒手，或用石塊，砸爛，面無表情，以為他是冷酷到無人性，然而他會愛上一個鳳山妓女，愛到在我面前痛哭流涕……。他說：「少尉啊，我想媽媽……。」

我的「文青時代」應該結束了嗎？
結束在南台灣午後雷陣雨的狂暴霹靂。
只是覺得「文青」可恥。

史丹佛中心

讀研究所的兩年，在史丹佛大學聯盟的華語中心（編按：今日「臺大國際華語研習所」）兼教職。

史丹佛中心設在台大的七號館，專門提供常春藤盟校博士班學生學習華語。一對一，每天八堂課。美國學生，下飛機不會華語，一年後都能流利交談。

這個七號館有點像台大的殖民地區。在軍事戒嚴的年代，二樓圖書館可以看所有當時的禁書，連文革時代的《人民日報》都有。任教老師有鑰匙，和自己學生自由出入，閱讀學習。

羅斯福總統的孫女、普林斯頓大學政治學博士候選人、一位喜歡炫耀他的京片子的芝加哥大學博士生，上台票京戲，演小丑。他們都好奇我看《人民日報》的表情，好像在詢問或冷嘲：「怎麼樣？反攻大陸？」那個年代到處都是這樣的四字標語。

「文青」對政治冷感，然而那個「殖民地」圖書館讓我閱讀了很多魯迅、沈從文、巴金、茅盾。

兩年裡最愉快的相處是兩位猶太學生，都是普林斯頓大學博士生，司徒偉（Harvey）研究趙孟頫，我們常一起去故宮看畫，他說小時候見過宋美齡，好像比我還迷戀古老的中國。另一位崔寶蘭（Barbara）研究宋詞，天氣冷，走廊相遇，她會說：「今日大寒！」有時候對不以為意的事，搖頭說：「匪夷所思！」

多年後在舊金山唐人街偶遇，她博士論文寫完開了中餐廳，取名「秦淮月」，推著腳踏車買菜，自嘲說「學以致用」，總算餐廳名字跟宋詞有關。

多年後，中美建交，電視上看到炫耀京片子的芝加哥大學博士站在季辛吉旁邊，他也是「學以致用」吧。

巴黎，我來了

一九七二年研究所畢業，十月二日飛巴黎。

延續一九六八年學運，歐洲學生罷課示威的浪潮還未停歇。走進嚮往已久的巴黎藝術學院，古典石柱、雕像上都是紅油漆噴的大字：

Revolution。

巴黎第四大學，上課一半，樓下巨大爆炸聲響，師生一起奔逃……。
第七大學，每星期三下午放一場樣板戲，演完，各地學生齊唱《國際歌》（*L'Internationale*）。

> Debout les damnés de la terre!
> Debout les forçats de la faim!
> La raison tonne en son cratère,
> C'est l'éruption de la fin.
> 起來，飢寒交迫的奴隸！
> 起來，全世界受苦的人！

從極右威權的獨裁社會出來，第一次被左翼的歌聲震撼。中文歌詞是瞿秋白從俄文翻譯的，他一九三五年在福建長汀監獄被蔣介石槍殺。我在巴黎讀了他的《多餘的話》，一直記得他集唐詩的絕命詩：

夕陽明滅亂山中，落葉寒泉聽不窮。
已忍伶俜十年事，心持半偈萬緣空。

台灣還要十幾年才解嚴，從台灣出走的「文青」提早聽到了這樣的歌聲，法文、中文、阿拉伯語、越南語、捷克語……。

Foule esclave debout! debout!
Le monde va changer de base:
Nous ne sommes rien, soyons tout!

和舊世界決裂！

「文青」很陌生嗎？

或許我想起了青少年時代閱讀的雨果《悲慘世界》，並沒有不同，只是呼籲活下去，真正像人一樣活下去，尊重所有活下去的願望和努力。

我在歐洲流浪著，身上掛一個紙牌，在往南的路口，「米蘭」、「威尼斯」，或者「阿姆斯特丹」、「布魯日」。後來站在路邊，紙牌上寫「哪裡都可以」。隨興出走，隨興睡在教堂、路邊、車站。隨手畫畫，隨手文字記錄，不成章法，也不企圖有章法。

旅途裡隨手撕碎在風中散去的文字和圖繪，也許是真正「文青」的夢，如果留著，有不同的意義嗎？

「文青時代」，像一場亂七八糟的盛宴。盛宴過去，舊的記憶，杯盤狼藉，我真的能清除乾淨嗎？

二〇二三年秋分於溫哥華旅次

輯一

夢裏青春

希望我能有條船

「我一直希望能有條船。」

天氣很熱，身上曬脫了皮的地方又隱隱作痛，以致我根本沒注意他在說些什麼，反正也不會是重要的話。我們在一起好像從來也沒說過什麼嚴肅的話，只有一次他說如果全世界的女孩子都能像我這樣不讓人煩心就好了。我想那也不見得是什麼頂重要的話，不過我後來就一直沒忘掉，而且想起來就有點開心。

事實上，除了這句話之外，也沒有什麼可以使我記起的。每次跟他出去他總是稱讚一聲妳的衣服好好看，或者妳今天頭髮梳得很漂亮這些話。而這些話又是每一個跟我一塊玩的男孩子都說過的，所以我就覺得有些煩厭。

不讓男人煩心。我不知道他是怎麼發現這麼新穎的一句話的。那天回家之後，躺在床上我一直在想這句話，我從前是一上床就睡著的。

我不太懂得怎麼去分析自己，那比如何去打扮自己要難得多。我們班上有一個叫喬蔓春的，就好會分析自己，她常跟我說她好寂寞，因爲她的自尊和自卑都太強；又說她常想自殺，活著太痛苦。我覺得她簡直了不起，我是從來不會想那麼多的。同學都說我好快樂，我想實在沒有什麼能讓人不快樂的嘛。

有一次我把成績單拿回去，上面有六科不及格，爸爸甩我一個耳光，我跑回房間捂著枕頭好好大哭了一場，後來就睡著了。睡了不知多久，又被一陣雜亂的擂門聲和叫嚷聲吵醒，打開門一看，爸媽弟妹全擁在門口，一臉焦急慌張的樣子。後來弟弟告訴我，那次爸爸以爲我在房裡自殺了。我覺得真是好玩，捧著肚子笑彎了腰，剛歇了口氣看見弟弟站在一邊嚇呆了的樣子，又忍不住大聲笑了起來。

我並不是覺得自殺有什麼好笑，相反地我一直認爲那是天下頂可怕的事，我只是笑爸爸這種想法太傻。我六科不及格的成績單，本來可以不要拿給他看的，只是我覺得那也不是什麼了不得的事，而且我本來就不想念書。可是拿給他看了他又要發脾氣，最後又怕我自殺，這實在矛盾得好笑。

我說起這件事就是證明人本來是可以快快樂樂的，那些人不快樂大概就因爲他們都像爸爸一樣想得太多，而想的偏又全是些矛盾古怪與活下去沒干係的事。

喬蔓春也一樣，有時候我勸她好好打扮打扮，她反而說我嫌她邋遢就不要跟她玩好了，我就得趕緊跟她陪不是。我不願意爲這種小事得罪人，可是事實上我實在看不慣她那副德性：洗臉永遠只洗前頭一個平面，耳窪裏的泥垢可以孵豆芽菜了。她卻說只要別人欣賞她的思想就夠了，那才是永恆真實的，外形遲早要腐朽。

這個思想。我就覺得那些成天思來想去的傢伙，全是第一號的大傻瓜，死了還談什麼永恆真實的。

喬蔓春這種人我也真服她，我一直認爲女孩子第一要件就是打扮，也並不是要濃妝豔抹得像唱歌仔戲，能讓男人看著喜歡就夠了，否則像喬蔓春那樣成天蓬頭垢面的無人問津，要我三天就悶死了，說不定她想自殺就因為這個原因。不過我也沒辦法，有回我叫小強替她介紹一個，小強舌頭伸得老長，扮個鬼臉，跑了。

小強現在不知道跟誰玩，大概是黑貓。

我認得他之後就沒有再跟班上那些男孩子在一起玩了。黑貓說我可攀上了一個大學生。我倒覺得大學生也沒什麼了不起，有時候還覺得盡愛講些怪話。

有一次，在田園裡坐得好好的，他忽然嘰嘰咕咕地唸了一大串怪東西。我問他在說什麼，他說忽然想起一個法國詩人叫史蒂芬什麼赫梅的幾句詩。我根本沒興趣聽什麼詩呀詞呀的，好好的話全給他們搞糊塗了。不過我很懂得怎樣能讓別人跟我在一起感到和諧和快樂，而且當時在田園裏我實在也悶得無聊。我就說我不懂法文，要他翻譯給我聽，他興奮得在襯衫口袋裏掏出了一張皺皺的紙寫了起來。他的字很漂亮，看起來很秀氣的。可是他字寫得很慢，一筆一劃都勻勻整整地寫。我在旁邊一面看他寫一面就背了起來。現在還記得：

於陌生的泡沫和天空之間
沒有什麼能留住那迷醉於海的心
夜呵！月光裏反映的古老花園不能
被純白遮掩的空白紙張
寂寞的燈光也不能
給嬰兒哺乳的少婦也不能。
我將離去，搖曳著桅杆的小舟呵！
啟碇吧，向異邦的自然
煩倦，因殘酷的祈望而感傷的
依然迷信於揮巾的告別。

我根本不懂裏面在說些什麼，不過我還是耐心地低聲唸了幾遍給他聽。他說我的聲音好美，又說不知道像我這樣開朗又無拘束的女孩子，也能讓他有寂寞和憂鬱的感覺，我就低低地應了一聲：「是嗎？」其實我心裡好想大大地笑幾聲。

他們這些大學生都有點神經兮兮的，成天說些寂寞呀、憂鬱呀、蒼白呀的話，又喜歡到這種烏漆墨黑的地方聽那種一下子喪裡喪氣，一下子又轟隆轟隆的怪曲子。

有時候我想還是跟小強他們在一塊兒玩的好，那樣在西門町大街上逛來逛去的時候，才覺得自己拾掇今天的頭髮跟服飾不至於全派不上用場地糟蹋了。而且小強他們去的地方總是熱熱鬧鬧的，不像田園這樣陰森森鬼氣。

我喜歡猴子舞那樣快節拍的曲子，瘋狂得讓人不會打盹，我一靜下來就想瞌睡。上次帶他去維納斯想學兩手剛上市的阿哥哥舞，偏他就淨揀三步四步地跳，磨來磨去地膩死人。跟小強他們在一起我從來就沒覺得膩過，他們總會發明一些稀奇古怪的東西去玩的。

不過小強他們也有些怪毛病，老愛動手動腳的。有一回，一個傢伙才跟他一起玩過兩次就不規矩起來。我很想學電影上女明星對付色狼那樣狠狠摑他一個巴掌，可是又覺得那樣他一定會很難過，說不定就會去自殺或做和尚，那我一定也會傷心的，所以我就沒理他。誰知這傢伙愈來愈猖狂。我就用腳一勾把前面的小茶几絆倒，嘩的一聲，所有的人全往這邊看，他也著實嚇了一大跳。服務生來收拾東西的時候，我盯著他瞧了半天，他臉一直紅到脖子根，滿頭都是汗珠子。後來他就再也沒來找我。

其實他們這些十六、七歲的男孩子，都沒什麼壞心眼，只是太毛裡毛氣了吧。

還有一次，我跟小強去看電影。看完了我說時間還早再去趕另一家的，小強怪裡怪氣地答應著，然後說他去買點吃的叫我在戲院門口等他。我站著無聊，就老遠跟著他走，誰知道這傢伙竟然跑到當鋪裏去了。他出來的時候，我看他口袋裡的鋼筆不見了。我在他身上找到了那張當票幫他贖了回來，然後請他看了那場電影。他不好意思地說我真好。

他們這種年紀的男孩子，就這麼傻氣得好笑又可憐。

跟他在一起我是從來不操這麼多心的。他比我大，而且他說他喜歡別人什麼都順著他，我就什麼都順著他了。

我跟他在一起很少講話，因為他老是靜靜的，我總不好意思緊纏著他說東說西呀。

就那一次在田園，他跟我說了好多。說他好希望有一條船，那怕是極小的。他一直夢想著有一天能到海上去流浪，載著畫架到老遠老遠的地方，去畫那裏天的顏色、水的顏色。還有一個乖乖的小女孩在每個清晨把他吻醒。

他說他爸爸罵他在發瘋，我覺得那實在是句好話。不過他當時把我的手捏得好疼，所以當他問我是不是願意做那個乖乖的小女孩時，我就答應了他。可是那時候我是沒有想到真會跟他跑到海濱來住的。

這個夏天，他有四個月的假，而我聯考落了榜。雖然我不在乎，可是爸成天拉長著臉，媽是嘮叨不完的話，所以我想還是跟他來這海濱住愜意些。不過我給家裏講是說我到黑貓家住的，爸如果知道我跟一個大男人在一起渡假，一定會氣得暈倒。

他們就是那樣大驚小怪，其實我還不至於那麼呆瓜。雖然我並不認爲跟一個男人睡在一張床上有什麼關係，那是遲早總得來的事。不過我也很清楚那玩意兒就是女孩子的本錢。

我跟他來的時候就在擔心他如果只租一個房間的話怎麼辦。我就跟他說我有肺病需要隔離？不行，他一定不相信，我這麼壯。就說我習慣了一個人住一間房的好了，我想他會聽我的。

結果我根本什麼都沒說，他就租了兩間房。跟他在一起真的什麼也不用操心，他想得比我多得多。

第一天晚上，他帶我到一個小水灣的地方去玩。那天晚上的星星又多又乾淨，一顆顆都是白爍爍的，望久了覺得竟像有好多紛亂的聲音在聒噪，像一樹蟬鳴。

漁船出海的時候好美，船底招魚的燈黃溶溶的光暈在水面灘成一片，好像，好像……我不知道好像什麼，就是很迷人就對了。

我穿了一件紅皺紋的兩截泳衣，身上披了一條大毛巾，可是還是覺得有點涼颼颼的。

他一直沒開口，我以為他睡著了。後來才發現他的頭是豎著的，而且眼睫毛眨一下。他趴在沙灘上下顎墊著肘，好像一點也不冷。我把毛巾愈圍愈緊了，冷得縮成了一團。

他只穿了一條白色的平腿泳褲。我第一次看他穿得這麼少。他的腰很好看，扁扁平平的，一點都沒有別的男人那種贅肉太多的感覺。我告訴他說他的腰看起來很性感，他轉過頭來一直盯著我瞧，好可怕的樣子。我記得電影上男人要動粗之前，好像就是這個樣，我就趕緊跳了起來沒命地跑，然後把房門鎖得牢牢的。

第二天一早他來敲門的時候，我還睡在床上。他說帶我去看日出，其實太陽早爬得老高了。昨晚的事他一句也沒提，好像根本沒那回事，我也很快就忘了。

早上的太陽暖絨絨的。我把頭枕在他的臂彎上抓著沙子玩。他身上有一種很濃重的氣味，好像是菸味跟汗臭混合的味道，不過還蠻好聞的。他抽菸抽得凶，可是他抽菸時的樣子很好看，有點中年人的穩重。我有時候躲在房裏也抽抽菸，嗆死人，一點味道也沒有，男人實在很怪。

他心血來潮地說要幫我畫張畫，我說好呀，他就跑回去拿畫畫的東西去了。

我從前沒看過他畫畫。有一次他帶我到海天畫廊的五樓去看什麼現代美術展，滿房子全是怪怪的東西，把人的臉都畫得好長好長，還淨題些少女呀、詩之圓舞曲呀這樣美麗的名字。有一幅叫《作品A》的畫塗著一圈又一圈的紅螺紋，他站在那幅畫前面看了半天都不走，我也照他那樣子歪著頭看。可是愈看愈頭昏，我就乾脆跑到走廊上去看台北的街景了。

我在那兒站了好久他還沒出來，進去一看他在跟一個頭上戴一個黑髮箍的女孩子指著那幅叫《作品A》的畫聊天。後來我問他那個女孩是誰，他說是他從前的一個女朋友。我覺得這倒蠻有意思的，就問他從前是不是有很多女朋友，他說是的，又說他從前的女朋友都是喜歡詩呀詞呀的那種乖女孩，可是每個都玩不久。

「她們太彆扭、太拘謹、太造作，跟她們在一起只能感染到痛苦和不幸，不像妳這樣灑脫，不讓人煩心。」

這是他說的。就是那一次，他說如果全世界的女孩子都能像我這樣不讓人煩心就好了，我真的很高興，不過我也有點爲那些女孩子難過。我想我一定要把這件事告訴喬蔓春，叫她不要再這樣愁兮兮的了，男人不欣賞這樣的女孩子。

我在太陽底下坐了好幾天，他才完成了那幅畫。還好沒有把我的臉畫得好長好長，不過我已經沒有心情去欣賞了。我渾身的皮脱得像頭梅花鹿，我問他我現在是不是好醜，他說一點也不，不過我還是不相信，我自己看了都噁心。以後我上海灘就戴一頂大大的大甲蓆草帽，抹好多橄欖油，然後再披上大毛巾。

這以後他就開始了做船的工作。他在附近村民那兒買了一塊一尺長的木頭椿子，用刀削尖了一頭，再用雕刻刀在中間挖了一個槽，然後用砂紙把裏外磨得油光油光的。我記起了他從前說他一直都希望有艘船的話，可是這船那麼小，所以我想他是做著玩的。

現在他坐在我腳前給船身上彩色。他說要塗上白色和紅色的斜紋，在船尾上裝上一面小旗，用藍色寫上他的名字：項南。

「項南。我們回去好不好？我簡直要被烤焦了。」

我這說的是真話，我把身上撕下來的皮捲搓著玩的時候都覺得有些糊味了。

「我一直希望有艘船。」

「老天，你已經說好幾遍了。」

「那怕是條極小的。」

這也講過好幾遍了，從開始做船的那一天起就說個不停，我才發現他這個人實在有些健忘。

我把嚼苦了的口香糖吐在掌心上揉成一個小疙瘩，朝他後腦門上扔去。他一樣不理不睬。我實在有些火大了，乾脆不理他一個人跑回旅社去了。

旅社裏有我一封信，是黑貓的。拆開來一看，頭一句話就像一聲巨雷一樣擊下來，半晌都還嗡嗡嗡嗡地響。

喬蔓春自殺了，割腕。

「天，多可怕。」

我把信紙捂到臉上。彷彿嗅到了濃濃的血腥，又看了那翻捲開來汩汩出血的蒼白手腕。

「怎麼會？怎麼會？」

其實我應該說怎麼不會。我不該驚奇的，她本來就是那種人，不能適合這個世界，因為她想得太多，成天在痛苦、傷感、寂寞、失望的死巷子裡鑽，自卑自憫的心永遠也找不到出路，只有以死解脫了，真解脫得了嗎？

啊，天。想這麼多幹嘛。心裏悶塞得很，其實該為她慶幸，也許她此後不要再那麼痛苦地活著了，那麼她又到哪兒去了呢？

死喬蔓春，害我心裏真難受，爲什麼不能像我或者黑貓呢？不過妳一定看不起我們，我們沒有思想。

黑貓說她又換了一個男孩，有一個乒乓球鼻子。黑貓形容人也真夠缺德了。

喬蔓春。喬蔓春，嗳，這房子怎麼忽然變得陰慘慘的。喬蔓春，老天，還是陪他曬太陽的好。信紙一扔，三步併兩步蹦了出去。

海濤聲，晚上聽起來是很可怕的，好像一下子要把你連人帶地都給掀到海裏去似的。

他又像往常一樣坐在海灘上一句話也不講，一把雕刻刀在地上劃來劃去的，旁邊擱著那艘剛做好的小船。我第一天晚上就在這兒受了涼，鼻子塞得好難受，我就用一根小拇指鑽到鼻孔裡去挖弄。我實在不想跟他在這兒喝西北風，可是想想一個人留在屋子裏想喬蔓春更可怕，所以還是來了。

今晚有海霧，附近一帶漁民的房子在灰濛濛的氣氛裏看起來像用積木堆成的小宅邸，被它的小主人隨意地到處散放著。

漁船出海了。一樣的燈光。一樣靜悄悄地挪移。今晚有霧，所以看起來更美。

「船。」

我想是他唸的那個字。

我將離去，搖曳著桅杆的小舟呵！
啟碇吧，向異邦的自然
煩倦，因殘酷的祈望而感傷的
依然迷信於揮巾的告別。

他的聲音好沉，像從老遠老遠傳來迷失在霧裏的召喚。
「項南。我的一個朋友自殺了。」
「喔。」
「是我很好的一個朋友。」
「為什麼？」
「不知道。她不快樂。」
海濤。風拂。不斷的海濤。不斷的風拂。

「我真想一輩子住在這兒。住那種用珊瑚石砌成的小屋。每天晚上划有燈的小舟出海，早上滿盛著一船黎曦。」

「我才不要。這裏的蚊子好多。」這是真的。海邊的蚊子比城裏的大好幾倍。長長的腿，看起來鑾瀟灑的，叮起人來一下就一個大疱。

「而且他們的生活好苦。成天都穿得破破爛爛的。有人說他們一年到頭都是吃魚，膩都要膩死了。他們也不會有閒情逸致坐在海邊上看星星。還有什麼乖乖的小女孩吻醒，詩呀畫呀的。」我今天不知道怎麼這麼多話。大概是要報復他剛才對喬蔓春的死不表示難過的緣故。

「庸俗。」

「噯。你怎麼可以這樣說我。」

「妳本來就庸俗嘛。妳比我以前認識的那些女孩子都俗氣。妳什麼都不懂。」

「你懂！你就成天做你那個鬼夢。我什麼說錯了？他們不真是過得很苦嗎？這裏蚊子不真是很多嗎？誰都像你那樣悠哉悠哉早八輩子都餓死光了。」

「是是是。我承認他們生活苦，誰又生活得快樂了？為什麼不能在理想裏把他們描繪得美一些呢？」

「光描繪有個屁用。不踏踏實實地做，踏踏實實地生活，成天盡抱著玩具小船自鳴得意。」

「我的小船干妳什麼事？！」

他豁地一下站起來，臉上惡狠狠的，又加上那把雕刻刀。我真嚇了一大跳。

他的臉一直衝到我的鼻端。大聲地鬼吼，唾沫星子濺得我一臉都是。

「妳這沒有思想的腦袋割下來一點價值都沒有，世界上盡是你們這些卑微苟活竊竊營生的傢伙，還嘲諷別人的理想，我的船可以帶我去我要去的地方，妳不相信嗎？妳不相信嗎？庸俗、庸俗透了。妳根本不配跟我在一起。告訴妳，妳不配！妳不配！」

他哭了，真的哭了。我沒聽清楚他罵些什麼。我想我一定觸傷了他。我不該說他的船的，可是那小小的玩具船說說又有什麼關係，他怎麼可以爲這個就窮凶惡極地罵我。

「見你的大頭鬼。」我大叫一聲，推開他跑了。

真是見他個大頭鬼，這些大學生全該進瘋人院，瞎了眼睛跟他玩，明天就回去，小強他們不知道要比他可愛幾百萬倍，至少不會這樣對一個女孩子鬼吼，從來也沒有人敢對我這樣的。我爬在床上好好大哭了一場，心想：明天非回去不可。再也不跟這見鬼的大學生玩了。

睡夢裡被擂門聲吵醒。哈，這傢伙大概也跟上次爸爸一樣，以爲我在房裏自殺了。開門該怎麼辦？甩他一個耳光，還是大大方方地饒恕了他？該死，門敲得這麼緊，開了門再說吧。

不是他，旅舍裏的茶房急匆匆地喘著氣。

「屍首……屍首。」

「什麼，你慢點講不行嗎？」

「屍首，項先生的。」

項南？

「項南！——」

太陽垂直地灑下來，在跳躍的海波上又幻化成幾千萬個刺白竄動的小太陽。額上的汗滴進眼裏，成串地又流進嘴角，好鹹好鹹的。

我覺得暈眩又疲倦，有人在用手掌推我的後背，一直推到那個腫脹得像個大冬瓜一樣的頭顱面前。蒼白的、歪扭的，有些地方被噬爛了流著紅紅黃黃的液體。

項南嗎？不是，不是。爍亮的眼睛那去了？漂亮的額頭那去了？平平扁扁的腰……。

不再是平平扁扁的腰了。上面用細麻繩拴著那艘小木船，漆著白色和紅色的斜紋，一面小小的旗子用藍色寫著他的名字：項南。

人群蜂擁般地嗡嗡推擠著。我覺得好噁心，想好好地嘔吐一下。

我幾乎無法真確地證實自己究竟遭遇了些什麼事。

太陽比往常都大，渾圓而沉重地緊壓在我的眉心。人聲嘈雜，在混亂裏抓不住一點可堪憑藉的東西支持我茫亂的思緒。我真想像昨晚上一樣放聲大哭一場，可是又實在沒有什麼值得我悲傷的。

推開緊擁的人群，我乏力地順著海灘走。我真想一下子倒在沙上舒舒服服地睡一覺，再也不要醒來了。可是這裏太吵，我要找一處安靜的地方，我一定要好好想一想這究竟是怎麼一回事。

有人在後面喊我，我憎惡極了這些人、這些聲音，我要靜一下，我要遠遠地躲開這群喧嚷。

我發瘋似地沿著海岸跑，海灘上的貝殼戳得我腳掌好疼。整個世界都在跳躍，隨著我的顛簸。

許多風都擦著我的耳邊嘯過，像從老遠老遠傳來迷失在霧裏的召喚。

於陌生的泡沫和天空之間

沒有什麼能留住那迷醉於海的心

我將離去，搖曳著桅杆的小舟呵！

……

啟碇吧，向異邦的自然

煩倦，因殘酷的祈望而感傷的

依然迷信於揮巾的告別。

陽光垂直，我暈眩又疲倦。撞倒在地上時，仍是一樣的風聲呢喃。長長的海岸長長地圍滿了海，於是我再跑也跑不開這一片藍。沙是滾燙的，上面撒滿了碎碎的蚌殼，全是被分開來的半片，貧薄地什麼也盛載不起，什麼也無法茁長。我找了兩片花紋相似的想拼湊起來，但是它們竟完全合不攏。一片大些，空著白白的腹；一片小些，但是它小小的凹處卻貯滿了沙。

我很想告訴項南這兩片蚌殼就像我跟他，可是他現在不知道在哪裏。我還是告訴黑貓好了，黑貓一定會問我他到哪兒去了，我該怎麼說？說他出海了吧。我說：他一直希望有條船，然後他做好了船，然後他就出海了，然後他去了那個老遠老遠的地方，畫那裏天的顏色、水的顏色。每個早晨被一個乖乖的小女孩吻醒，像喬蔓春那樣的，或是像那個海天畫廊裏戴黑髮箍的，反正不會是我，也不會是妳……噯呀，想這麼多幹嘛，黑貓根本不會有耐性聽的。我還是去找小強的好，我要他教我跳阿哥哥舞，我一直想學的。

揚手一扔，兩片蚌殼飛出去。貯滿沙的落進了海裏，白著腹的被風吹回來打在我臉上。

（一九六六年十一月七日《聯合報》副刊）

歲月女人

一、長千里

我有一只小小的橘子，就想告訴她我有一只小小的橘子，她的前瀏海一直蓋到眼睛，像一頭漂亮的哈巴狗，我也這樣告訴她。

我說：「妳像一頭漂亮的哈巴狗。」

她抬起頭，用鼻子看我。

我愛扯她的辮子，滑溜溜地像條蛇，我常抓蛇玩，把牠們冰涼的身子偎著臉，蛇都乖得很，從不咬我，可是我一扯她的辮子她就哭，她哭，我還是要扯，爸總是用青竹帚子抽我，我就拚命哇啦哇啦地叫，不像她那麼愛哭。

我跑到橘子林裡去摘還沒有長成的小青橘子，摘了一滿兜，我就想告訴她。

「讓我扯一下辮子，給妳一個青橘。」我說。

她坐在一棵大樹的斷椿上讓我扯，掀起紫花長襖的下擺盛橘子。

「等我將來有錢就娶妳做小老婆。」我說。

「人家才不要咧。」

「妳不要也不行，我跟妳媽娶又不跟妳娶。」

「我媽也不會讓你娶我。」

「會的，我將來會好有錢，妳媽就會要妳給我做小老婆。」

「才不要咧，你為什麼老要說小老婆，不說大老婆？」

「大老婆都好醜，又凶，像我媽，小老婆好看得很，妳看我姨娘那一個不漂亮？妳這麼好看，當然要做小老婆。」

「才不要咧，哎呀，你怎麼把人家的辮子散開了嘛。」

她急得把橘子撥了一地，反過身來捶我，我跑得快，她追不上，跑出了橘子林，發現手裡攢著她結辮子用的紅絨繩。

「阿娃，別告訴我爸啊，不然絨繩頭不還妳。」

沒有人影的林子靜靜地透著幾線日光。

二、黃鸝

秋九月的溶黃滿山都是，雲大堆地簇擁著，她靠在有著苔的紅磚井沿上絞弄手中的一方絹帕，稍息了又立正，立正了又稍息的兩條腿不知道該怎麼擺，白色的短襪子翻出，截紋邊，底下是帶扣的黑布鞋。

我聆聽著自己心的脈動，不斷地默唸著校刊上發表的那首給L的小詩：

陌生以及陌生
在屬神的季節
石榴花似的開了
開成寂寞後很貧薄的不敢去蔥買酩酊
趿夜廊上屐子的棲遲
祈念
與一心的喑默

「妳，妳叫什麼名字？」好像再也想不起有什麼話比這句更恰當，左右前後全是令人窒息的沉默。

「黃鸝。」樹葉落地一樣，好靜的一響，搭在洗白的陰丹士林布袍子前襟上的瓣梢，垂得更低了。

是的，黃鸝，還記得左邊口袋裝的是藍色的那封，摺得方方的，開頭是：黃鸝同學，右邊是淺粉的，摺成時髦的菱形，稱呼是：鸝，裡面寫著那首得意的小詩。

「我得走了。」古老的鐘聲沉沉地響起，山坡那邊全是一簇簇鮮麗的晚雲了。

「喔。」

一扭身跑得像隻蝴蝶似的。

「嗳，信。」

忘了那邊是藍的，那邊是淺粉的，雙手忙亂地在上衣的兩只口袋裡亂抓一陣，掏出了信，操場上只揚著一片迴旋的風沙了。

「看什麼？傻子。」

「嗳，阿寶，走，食堂去。」

「幹嘛啊？！」

「我請客啊！」

「哈，敢情好，什麼事兒？」

「喜事……」

拖得長長的尾音愈來愈高亢，食堂裡一片逗得人禁不住要蹦跳起來的喧鬧好讓人開心。

三、雨季

把鼻子在玻璃上壓扁，望著窗外的雨在玻璃上打成了一片水串，有人在弄簫，真是難得的興致。

學校停了課，一片空寂，偌大的寢室裡疏疏落落地散著幾個人，呆呆地望著窗外的雨絲，或倒在床上臉上蓋一本線裝書假寐著，許多床位騰空了，露出了黃褐色的木板，許多行李已經打成了捲，堆在牆角，等天晴的日子。

寢室太空了，輕輕地走幾步，四壁就撞出一些寂寞而低沉的回聲。長廊很長，像走不完的鄉愁，坐在廊邊的瓷凳上，校園裡的花樹只剩下一些枯黃了。

她彎下身拾一片沾著濕泥的葉子，圍巾從背後落下來，在她穿著灰色呢褲的膝前晃著，齊頸的髮全落滿了雨珠子，左鬢邊夾著一支長長的藍色髮夾。

她拾起葉子，走進廊裡，把書遞給我說：「幫我拿會兒，好不？」我接過書，是一本英文版的 A Farewell to Arms，她回過身，用廊簷上滴下的雨水洗淨那片葉子上的泥，再用手帕拭乾了，要回書，夾在書裡。

「好看嗎？」我指指那本書。

「嗯，先告訴我你那系？」

「中文。」

「噢，我想你不會喜歡。」

「為什麼？」

「太真了，不夠詩情畫意。」

「妳呢？那系？」

「外文。」

「噢，好時髦。」

「僅只是時髦嗎？」

她那樣看著我，使我好想大聲地吼叫起來，戰爭帶來的這一段沉寂而茫亂的日子已讓我受夠了，而她這樣看著我，像在指證我活得一無意義。

「打算怎麼樣？你，回家？還是到金門前線去？」

「不知道，我不知道我該做些什麼，我能做些什麼，我真討厭未來要讓我們自己去選擇。」

「你幾歲？」她走過來繞到我背後，把手擱在我肩上。

「十九。」

「多傻氣的年齡。」

我聽到她笑得像哭泣一樣，擱在我背上的手把我的毛線衣揪得好緊，我好想跟她說：別難過，而我竟因這句話了解了這一連串日子裏自己茫然而無所適從的心緒。

我站起身，她整個臉埋在手掌裡，我輕輕地拍拍她的背，替她把圍巾圍好，拂去她髮上的水珠。

「妳頭髮全濕了。」我說。

「就讓它們濕著吧。」

「妳叫什麼？」

「問這幹嘛？！製造故事？」

「不好嗎？」

「不好，你該知道，明天，或許你不在了，或許我不在了。」

「那有關係嗎？」

雨聲嘩啦啦地四面響起。

「雨大了，我想。」她說。

我把頭埋在她的脖彎裡，沒有回答，什麼也不想說，只想遺忘掉這一長段冗長而煩人的雨季。

四、路上

不記得是什麼地方，在我們走過很多路以後，就在那裡休息，人們說那是一個還很繁榮的小鎮，沒有什麼事好做，我們就常到那個有著一個半樓的地方去，很多人都去那裡。

破爛又骯髒的印花粗布簾子把陽光擋在外面，這間狹小、破陋又充滿了氣味的屋子，就愈發陰暗得有點刺激人了，天花板上灘著一圈圈不規則的褐黃色的雨漬，不時地有壁虎在那裡窺視或一隻瘦瘦的灰鼠匆忙穿過，屋角的蛛絲上點著些蚊子樣小昆蟲的死屍，有的垂吊下來，在半空裡晃著。

這張床已經占去了屋內一半的空間，剩下的地方擺著一張木桌，一把椅子。木桌上一個瓷的臉盆，舊得露出了許多黑疤，臉盆的一邊堆著一疊粗劣的黃色草紙，椅子上我的草綠色軍服揉成了一堆，上面披著一件女人的布買衫褲，一隻褲腿拖在地上，展示出一塊手掌大小的補釘，椅腳下是我的皮鞋，一隻斜倒著壓在另一隻上面，塵灰很厚，鞋頭上滿是裂痕。

用來隔間的板子很薄，因此不時地可以聽到隔壁或對面房裡傳來的嘻笑聲，和有人走在樓梯上時所引起的聲響。初來這裡時，這種聲音常使我覺得慌亂和不安，而興起一陣陣醜惡的情緒和自責，可是我們沒有什麼事好做，也沒有什麼地方能使我覺得安寧，我就只有再來這裏。久了，也就成為一種習慣，戰爭裡，愛只是一種習慣。

每次躺在這陰暗的屋裡，當一切的興奮都已萎潰成一片可怕的疲弱，我就望著天花板上雨天的殘跡，想著以後的事。我要找一個可以謀生的事，教書或者在市場上擺個攤位也無妨，我會有一個可以為我管理家事、聽話，又能生幾個白胖娃娃的女人，她必定能幫助我做許多事，否則我不會要一個女人。每想到這些事我就很開心，好像一個人走了許多無關緊要又讓人懊喪的路之後，終於發現了自己必要這樣走下去才能找到一個較好的地方。

躺在我身邊的女人已經發出了熟睡的呼吸聲，我把手臂緩緩地從她頭下挪出，她的臉歪向一邊，微張的嘴巴順著嘴角流出一線口液，這是一個較為肥胖的女人，她曾經告訴我她的名字，可是我忘了，我總是記不得她們的名字，或許我覺得去記一些日期的號碼要容易得多，所以我常喜歡用年歲和月分來稱呼她們。

我走下床，拉開窗簾，屋外一條條午後很白很白的日光，猛地打在我貧白而赤裸的身上。

（一九六七年五月十一日《聯合報》副刊）

勞伯伯的畜牧事業

一

勞伯伯的笑聲一向都是那麼怪的，大約是因為他實在瘦得有點特殊，因此不論他心裏有多興奮，他那個扁薄狹窄的胸膛也只能連咳帶喘地供給一點點尖細的笑聲出來。這真是一件莫大的遺憾，否則有著這樣愉快心情的勞伯伯必定能帶給我們更多一些樂趣的。在此等煩悶的盛夏裏，又沒有什麼夠刺激的社會新聞值得談論，我們實在很需要一點別人的愉悅來打發這晚飯後頗為無聊的時刻。

翹著二郎腿，躺在藤椅裏的勞伯伯，看起來就像是一隻弓著背又長又細的大蝦子，和他右手裏一隻又肥又大的烏木菸斗擺在一塊兒，那種比例倒是怪滑稽的。

「我說張兄，咱們是老朋友了，這回你可是非幫我這個忙不可嘍？」笑聲結束，勞伯伯就衝著爸爸說了這句話。

「噯！用說嘛？什麼交情了，咱們。」

爸爸講起話來一向是很江湖味兒的，可是說歸說，做起事來可是好幾個算盤嗶嗶剝剝，要算上那麼幾回才定數的。所以爸常說：「我這一輩子沒虧人什麼，可也從不讓人占點兒便宜去。」這話我是百分之百贊同的。

記得初中時，我們班上有個叫劉志權的窮小子死了爸爸，班上同學發起募捐。我想，這事兒且甭管它是什麼善行不善行，就光貼在布告欄裏的捐款名單上能列個首位也是相當光采的，我們那時又正好是男女合班。可是知父莫若子，我知道爸爸準沒有我這等慈悲心腸，因此就只好樑上君子一番，偷了爸爸五百元。後來給爸爸知道了，狠狠揍了我一頓，倒不是我品行頑劣，敗壞家風等等道德緣故，卻是可恨那五百元新台幣礙於面子關係，就此杳如黃鶴矣。

我一直沒忘記爸那時一手揪著我衣領，一手撻著雞毛撢子的凶勁兒，瞪著眼，口沫橫飛，藤條愈抽愈緊，像是希望能從我身上抽出一張張鈔票似的。口裏老是罵著那一句話：

「好小子，你倒闊氣，五百塊一豁就出去了。他媽的人家窮死關你屁事，你老子一輩子沒虧人什麼，可也從來不讓人占點兒便宜去。你好小子，你倒闊氣！」

就是這樣，一聲聲的！我一輩子沒虧人什麼，可也從不讓人占點兒便宜去。那時我小，聽著覺得還蠻言之成理的，可是過些年想起，又覺得有點什麼地方不對似的。我想，人活上一輩子，老是斤斤計較於不讓人占點兒便宜去，能算是沒虧人什麼嗎？這是我想不透的問題，有許多問題我是想不透的。不會是我太笨了吧？我想。倒是這不合情理的事太多了，活該是想不透的。

「咦？嫂夫人呢？」勞伯伯忽然坐起了身問。

「嗯？半天不見了。祖明，你媽呢？」

「上趟媽媽家去了。」我一面說一面仍舊擦著腳踏車的鋼環。

「哼！又是衛生麻將。我怎麼沒見她出去？」

「從後門走的。」我說。

「張兄，你看，嫂夫人不會不同意咱們這件事吧？」

「嗯，這個——我想是不會的，不會的。不過我得跟她商量商量。」

「那當然。那當然。」勞伯伯抽了口菸，又躺回藤椅中去了，像頭大蝦子似地弓著身子說：「這畜牧事業在台灣可是發財的生意喔，我早有幹這行的打算了，可就是沒本錢。盼著盼著，好容易盼到了可以拿退休金的年限，湊上年來教書的節餘，自己算是有點底兒了，再邀上幾個老朋友幫忙，能這麼幹上一番事業出來，咱也不枉白活一場。唉，這一輩子，窮教書匠一個，真是愧對先人哪。」

「噯，勞兄客氣了，勞兄畢生從事教育，得天下英才而教之，桃李滿天下，這是功在四方啊，怎說是愧對先人呢。」

爸邊說邊端起那只繪著四君子的藍瓷杯子抿了口茶。爸每頓飯後，總要沏上一杯濃茶擱在身邊，不時地抿上幾口。可是爸爸是不喜歡喝茶的，爸說：茶喝了澀牙得很，又沒什麼味道，盡是苦口。可是爸又說：喝茶總還是要喝的，大凡排場點兒的人們總是要喝些茶的，那跟恭維話一樣，雖說不實在，要人聽著受用的。

勞伯大概給爸爸恭維得著實得意了起來，不住地吸著他那隻大菸斗，用力地發出了吧唧啊唧的聲音來。

「張兄真是過獎了。不過，教書這行業這年頭可也真不好混嘍，以前是尊師重道，天地君親下面就是師；現在啊，學生眼裏哪兒有你這個老師喲，見了面甭說規規矩矩地給人行個禮說聲好，暗底下不給你送黑信兒，告你惡性補習、體罰、收紅包就算不錯得很了。」

「唉，世風日下，世風日下。」

爸搖著頭，一付甚為師道之不傳而大爲惋惜的神態。其實，每次學校裏要強迫徵收教師節樂捐金時，爸也是一樣氣憤地說要給教育廳寫「黑」信的。

「現在學生又不像咱們讀書時那麼老實，一個個鬼靈精怪的，盡跟老師作對。你要這麼教，他偏找些鬼參考書來纏人。你說：作文限寫三頁。他偏給你扯上十頁、八頁的。像我，兼著三處的國文課，夜裏還得趕一個補習班，哪兒有那麼多的工夫去批啊！反正，學生要好的自然好，要壞起來你就是把孔老夫子搬來也沒得用。知道教書就是這麼鬼打架的一件事，我也樂得睜一隻眼閉一隻眼地混混算了。好了，這下他們也照樣有得話講，什麼騙錢嘍、混飯嘍……唉，什麼難聽話都出得了口。真是，世風日下！」

「唉，善者好之，不善者惡之，勞兄又何必自苦？」

「現在可好歹算是脫了苦海嘍。」勞伯伯頗受解放了似地伸了伸懶腰說：「其實，要不是為了這些退休金，我早幾年就找別的事兒幹了，誰受這種活洋罪？眼看著別人一個個求田問舍的，自個兒還是兩袖清風，一點兒指望也沒有。搞些什麼名堂嘛，這鬼差事。」

「勞兄此刻已經退休，還念著這些不稱心的事做啥呢。從今後，勞兄可以自營事業。此後必定鵬程大舉，也可以好好享享福啦！」

「哈哈，這還得托您的福，托您的福。」

「哪裏，哪裏。」

兩老哈腰躬背了半天才回復了原態。

我擦好了腳踏車，試了試車胎，站起身兩腿一陣酸麻。聽著爸爸跟勞伯伯聊天，倒不覺得這樣蹲了許久，答應晚上到乒乓那兒的，差點耽誤了。

「爸，我出去一趟。」

「哪兒去？」爸又端起了茶。

「同學家。」

「住哪兒？」

「就在附近。」

「成天不曉得看書，盡串門子。馬上要考大學了，一點兒樣子也沒有。去啊，早點兒回來。」

「喔。」我答應了一聲，把車推到門口。

「喔，祖明，回來給我帶一刀稿紙。」

「好。」

「咦，張兄近來是在著述？」

「年紀大了，在家也閒得無聊，我這差事又是光掛名兒乾拿薪的。既不愁吃又不愁穿，就想找點事兒消遣消遣，看看現在台灣一般名流們都熱衷於寫回憶錄，覺得也怪有趣的。老之老矣，未來是沒有什麼好幹了，可也得把自己往前是怎麼闖的告諸子孫，這也算是給自己添上一點功德。哈哈，只怕勞兄要見笑了。」

「勝舉，勝舉，張兄一輩子榮華富貴真是應該傳之後世的。真是勝舉。」

車輪駛過處，聚集著一堆坐在門口乘涼閒聊的人。經過街口時有幾個三輪車夫模樣的人蹲在小攤上吆喝著，恍惚間聽到有一個北方口音的大聲叫著說自己曾經當過砲兵團長，闖蕩過大江南北……等等。

夏季裏天黑得遲，日落的霞金萬片，此時已褪得很淡，西天上只剩下幾絲灰，幾絲淺紫，蕭條地輕懸著。

二

乒乓坐在床沿上，一件汙舊的線背心破了好幾個洞，露出裏面黝黑的膚色。正懸在他腦袋頂上的燈，使他的臉看起來像是一張洗壞了的照片，模糊不清地給一塊塊的暗影弄出一種奇異的形像來。

乒乓有著這種坐著半天不開腔的怪毛病。一隻腿彎起來擱著腦袋，一隻腿伸得老長，就這樣他能坐上好幾個鐘頭不吭一聲，不動一下。在床上也好，在學校草地上也好，他總能那麼看起來都讓人舒服地隨處一擺就是半天。我常想，把他那個一堆亂草一樣的頭髮撥開，敲開腦殼，裏面必定有著點什麼稀奇古怪的東西。

就在上個月臨要畢業考前，乒乓還為了跟國文老師辯論什麼文學的價值而給校方指爲侮謾師長，行為傲慢而給記了一個大過。我是不懂什麼文學的，不過我想，再了不起的東西也犯不上馬上要畢業了還爲此記上一過吧？我就是這樣告訴乒乓的，可是乒乓沒答腔。乒乓說：有些事是不需要爭辯的。可是他那天站在班上跟那個閻王面的國文老師辯論起來倒是蠻有勁兒的，他說：

「一個作家若是不先去了解社會的病症、人類的災難，實在沒有資格先提筆自我歌頌或是自我哀憫。我討厭透了那些顧影自憐的作品，他們對自我以外的一切都是盲目的。盲目的引導者，他們對我們有什麼價值？」

乒乓當時慷慨激昂的樣子真值得喝采。閻王面氣得面孔更青了，抓起她正在向我們介紹的一本時下頗為流行的某女作家的小說就往乒乓身上扔，就此引發了一場頗為熱鬧的師生鬥。

事後乒乓倒好像也並不如何傷心，乒乓對任何事都是那麼蠻不在乎的，畢業典禮沒有參加，最後乾脆連大專聯考的名也不報了。我覺得他真是古怪得很，爲著什麼鬼文學的能跟閻王面吵得面紅耳赤，偏輪到自己該拿文憑，該升大學的要緊事，他又不管了。報完名那天晚上我曾經跑到他家問他究竟做何打算，他說：當兵去。這倒真把我嚇了一跳。

「乒乓，你真走嗎？」

「怎麼？你還不相信？」

「你知道我是一直不願意相信的，乒乓。」

「小張，那是很好笑的，我們這麼大了還如此感情用事。」

「我只是覺得……覺得太不值得。好不容易熬到高中畢業，你在班上的功課又是頂好的，幹嘛放著好好的大學不念，要往那麼老遠的島上去扛槍桿，何苦？」

乒乓不答腔，腦袋垂得老低，我真想揪著他的頭髮好好搖他一陣，看能不能搖出些話來。

我胡亂地翻著他桌上的書，他的書真是夠多的，不過全是些看了讓我頭暈的怪書。正對著書桌，懸著一幅用藍色油彩畫的怪人頭像，眉毛和鬍子全長得像布拖把一樣，眼睛是又凹又黑的兩個洞洞。我曾經問過乒乓這怪人是誰，乒乓說是一個德國的哲學家，叫尼采的。乒乓的畫我實在不敢恭維。他還喜歡畫些光屁股的女人，高興起來就掛的滿屋子都是，讓人不好意思抬頭。不過我喜歡乒乓寫的字，乒乓每幅畫底下都寫上那麼幾行字，有的是中文，有的是英文，都是頂漂亮的。這幅怪人頭像底下也寫了一行，乒乓說就是這個叫尼采的傢伙說的一句很了不起的話：

Be a man and do not follow me but yourself.

我只欣賞那漂亮的字體，到底這話有什麼很了不起我倒是不知道的。

◇◇◇

「小張，有些問題你是無法了解的。你性格隨和，人緣好，生活在你是無憂無慮的，有許多事你是不能夠了解的。」

「好了，臭冬烘味兒倒是蠻濃的，我倒要問你：你可又有憂有慮些什麼呢？你家裏又不是供不起你上大學。」

「不關我家裏的事，我自己不能滿足。」

「滿足？滿足什麼？」

「滿足我自己生活的意義。」

乒乓的臉從暗影中升了起來，這樣看著是好看多了。只是他的眉毛極濃，眼睛又凹得很，使人想從他的眉睫間去除掉一些什麼，否則，總像是有什麼很沉的東西壓在那兒，讓人負擔不起。

「生活的意義，不是盲目地皈依，不是毫無理由地順從。我們必須曉得開拓的意義，曉得在學習之外還需創建。我們的教育企圖把我們塑造成一個個規規矩矩方方正正的典型聖賢。老一輩的總希望我們照他們的方式再活一次，可是他們不知道他們活得有多可笑。我們有自己的理想、自己的生活方式，我們是人，而不是產品。」

我覺得頭好癢，就一個勁地用力抓了起來，落了一桌白白的頭皮屑。乒乓發起癡來是怪怕人的，所以班上沒人敢跟他交朋友。我倒是無所謂，他發起癡來我就抓頭皮。反正我一向覺得人是總要有點地方跟別人不同的，否則大家全一樣了，這世界一定夠乏味的。因此我是蠻能容納別人的怪毛病的，諸如：乒乓的發癡、勞伯伯的尖笑、爸爸的恭維話，以及媽媽的衛生麻將……等等。所以乒乓說我人緣好是很可以相信的。

「好了，乒乓，我問你幹嘛放著好好的大學不念，跑去當兵，你用不著搬那麼一大堆怪玩意兒出來。」

「進大學又爲什麼呢？求知識？求真理？還是爲了求文憑，求一個穩當良好的社會地位？」

「乒乓，即使上大學是光爲了要一張文憑算是錯的，可是，大家不都是這樣嗎？」

「跟現實妥協是中年人的事，向現實屈服諂媚是老年人的事，我還這樣年輕，我還有資格，有責任去跟反情理的事搏鬥。人應該活著年輕，否則就乾脆死去。」

我覺得頭好疼，昏黃的燈使我想好好閉上眼大睡一場。乒乓的聲音一會兒大一會兒小地襲來，像海浪一樣，打遍我的全身，我感到某種浸骨的寒冷，竟有些抖瑟了起來。

「乒乓，我們出去走走好嗎？」我說。

◇◇◇

我們往一所小學走去，我推著車子，乒乓的手深深地插在褲袋裏。

「到生活中去尋找意義，體驗自我。我們實在已經讀夠了書，若然，我們不能把生活與自我結合在一起，我們實在不必要讀那樣多的書。我們唯有踏踏實實地生活過了，我們才有資格伸手向生命要求意義。」

「我太笨了，乒乓，搞不懂你這些哲學。」

「愚笨跟生活沒有關的。」乒乓笑了，他笑起來真是很優雅的。「生活要求的是踏實，因此，一個碼頭的苦力不見得就比政府某委員某代表生活得失敗。或許，在生活中跌得愈深，生命才愈顯其價值。」

走到學校的操場邊，我把車子停在一邊，坐在沙坑裏。乒乓一縱身抓住單槓，用力地拉了幾下，而後就像突然耗完了所有的力氣似地長長地吊著，一動也不動。

操場那邊，一幢幢矮矮的教室接連地蹲著，所有黑色天空下的黑色屋宇都給我無比難過的感覺，以及乒乓那樣像死屍一樣地掛著。

「我們要有多大的耐性才能忍得住人類的愚昧。」

「乒乓，你說什麼？」

乒乓沒回話。從單槓上摔了下來，坐在沙坑上撥弄著一片從我指間流去的沙粒。

「乒乓，回去吧，很晚了。」

走在路上時，我們邊走邊吸著從攤上買來的兩根香菸，這樣不說話也不覺得怎麼尷尬了。

回頭望著那一絲絲在空際已經散得很淡了的紫藍色的煙紋，我忽然興起一種好笑的念頭：想要在那纖弱的紋路間挽回一點什麼。

「乒乓，到那兒寫信給我。」

到叉路時我停下來這樣說。乒乓點點頭。

當乒乓走遠時，我迅速地跳上車子，迅速地衝向那一片什麼也看不清的夜裏。

三

勞伯伯的畜牧事業終於經營起來了。或許是由於太操勞了的緣故，原來就極其瘠瘦的勞伯伯更極度地收縮了起來，但是愉快的心情倒是不曾減少的。爸爸是股東之一，因此勞伯伯來家裏的次數也更勤了。

從每回他們興奮的談話情緒看來，他們的事業是必定有極好的進展的。

那段日子裏我也過得頗為舒服，剛進入大學，雖然是間頂憋腳的學校，又是最冷門的一系，到底也算對家裏有了交待。學校的課又輕鬆得很，教授在講台上抱著講義用那種咕嚨咕嚨的聲調唱著，我們坐在底下嚼著口香糖，跟旁邊的女孩兒們聊著外國電影、熱門音樂。大多數的教授都是不喜歡點名的，他們每堂課總得遲到十幾二十分鐘，下課則是鈴一響就走，即使是一句話的下半截還沒吐出也照樣扔下不管。既沒作業又沒抽考，這樣的學生當起來真是比高中時要愜意得多了。

可是班上有些南部來的同學倒像是頗不懂得此種享受，他們成天上圖書館、找參考書，聚在一塊兒就批評某教授簡直「伊娘的」。他們稱此種教授為「狗屎先師」。我倒是覺得他們拿這種東西當聊天題材實在是夠愚蠢的，尤其他們還喜歡談時局、談抱負，以及什麼鬼存在主義的，真是讓人聽了要成為丈二和尚一般，所以我是不大跟那些「南部人」在一塊兒玩的。

我們班上有個女生叫周群美的，長得真是好看，喜歡穿白襯衫大裙子，走起路來瀟瀟灑灑。可是她也跟那些南部人搞了一個什麼社，經常坐在校園的草地上聊天。我因爲覺得她實在好看，所以也參加了那個社。可是我每次坐在草地上總覺得螞蟻爬了我一身似地難過極了。他們有時談詩，有時談哲學，什麼痖弦、紀弦、海德格、懷黑德的，我盡抓頭皮還是難受得很，所以我去了幾次就不敢去了。後來周群美問我怎麼回事，我就老實說：我覺得那實在沒什麼好聽，一點意思也沒有。周群美聽了好好瞪了我一會兒，她瞪起人來也是好看極了的，可是我想：我必定有什麼地方錯了，否則她何必那樣子瞪我？

勞伯伯尖銳的笑聲吵醒了我，我從沙發上坐直了身子，看到媽媽也笑得擠起了滿臉胖嘟嘟的肉。媽媽是難得在飯後不出去打牌的，因此或許爲了驚奇的緣故我也老實地陪在一旁聽他們閒聊。可是他們聊的實在跟我搭不上興趣，比那些南部人聊的高明不到哪兒去。因此我老想著別的事，身子也在沙發上愈滑愈低，要不是勞伯伯特怪的尖笑，我必定會就這樣歪斜著睡去的。

「勞先生真是有財運哪，第一回就有這樣的成績，以後還有得賺呢！」媽的聲音也是挺出眾的。

「大家的，大家的。我勞某不過是替大家經營。」

「勞兄真是有本事，以前從事教育，培育良材；現在改行畜牧，培育良畜。哈哈，勞兄樣樣能行，真是有本事，我張某自嘆弗如，自嘆弗如。」

爸爸是難得幽默一下的，所以我也給爸爸這句「培育良才，培育良畜」給惹笑了。勞伯伯則更是笑得上下牙床全出了唇。

「過獎，過獎，怎麼敢當呢。」

「其實啊，能幹的人做什麼事都是出色的，我們勞先生就是一個例子，不管從商、從政，都一樣地飛黃騰達。」

媽講起話來總是愛把手飛呀飛地窮比劃，晃得人昏頭昏腦。勞伯伯大概就給晃昏了頭，一口痰嗆在喉嚨裏，差點沒把肺肝心膽全給咳出來。

這真是一個無比興盛的場面，爸、媽、勞伯伯全笑得前俯後仰的。賺錢既是這樣一件能讓人喜樂的事，因此我這個有著能賺大錢的父母的兒子也似乎沾染上了不少榮耀而愉快地笑了起來。整個客廳的氣氛真是融洽到了極點。這樣愉快的笑聲在失意的人群中必定是難以聽見的，我想。為什麼許多人仍然不能歡快地嘻笑？為什麼大家不能像爸爸或勞伯伯這樣有成就？我忽然想起了乒乓、周群美，以及那些南部人。

聽到信箱響時，媽說：「祖明，去看看是誰的信。」

信是我的。我想是乒乓寄來的，因為左下角的地址正是乒乓駐防的那個小島。

小張：

來信收到許久，一直都想好好跟你談談的。

恭喜你進入了大學，一切好自為之。別前告訴你的話，有些難免基於個人的情緒而失之偏激，希望你不以為意。其實，生活的方式很多，多接近知識、多探討、多懷疑，總是不會錯的。只是，最後終究應該回到生活本身去。要知道，離開了生活，所有的真理只是愚蠢。

高興你能生活得快樂。快樂是難得的，我就一直在這方面失敗。不過，希望你除了單純的快樂之外尤能了解快樂的內涵，以及，做為一個知識分子應該在什麼時候快樂，和如何快樂。

從報上看到義務教育已經延長為九年，未來的幸福似乎是愈來愈可以信賴了。只是，人類若沒有先普遍地奠立起高風亮節的品格，以及強烈的愛人之心，一切的制度終究只是制度。而人與人的關係若始終限制於制度，限制於金錢、地位，人類則永無幸福可言。

這裏此時已頗為寒冷，尤其在晚間。當我站夜衛兵時，端著槍，獨自面對著濤濤響著的一片漆黑大海，常時興起一陣巨大的寂寞之感，和些微的懼怕。寂靜和孤單使我更懂得了人的互助，懂得了手牽手實是建立繁榮和樂世界的第一步。可惜我們生活裏所聞所見的仍存在著這樣多的自私和陷害。人類一直在標榜著自己的文明，而文明教給我們的卻似乎只是更貪饕地利己，更瘋狂地殘殺，以及愚昧。

這裏經常都有大大小小的戰爭發生，來此後，看過人負傷，也看過人死亡。然而，卻似乎沒有誰想到懼怕，想到呵護自己。在寂寞冷肅的砲彈聲中，他們蹲伏在壕洞裏，肩挨著肩說笑著，他們比誰都懂得捨棄，懂得犧牲。

來到這裏，最大的收穫是學會了不抱怨，學會了了解別人、寬恕別人。以前，總是憎惡別人的愚昧，而今，我知道了憎惡不如憐憫，而憐憫不如善心地去著手改善。我們不是應當常時地選上策去做嗎？

你問我這裏生活如何，我告訴你：很苦。

這裏的地質太貧瘠，我們需要在石塊壘壘的土地上耐心地培植出一點點良好的土壤來，這工作真是累人。可是我們必須這樣做，否則我們只有絕望地死去，或依靠外地的善心施捨。我想，每一個曾在這裏住過的人都希望能不靠外力的，因為，據住在這裏的老年人說：這裏的良田是一年一年在增加著的。這真是一件令人欣慰的事。

閒時，我喜歡躺在海邊的大石上小寐，讓身體像一豎空笛，任風來風去弄出一些微響。我已經學會了岩石的沉默、倔強、安閒，和勞苦。

寫了許多，想你必定不耐煩了吧？喔，對了，有一個叫周群豐的排長，他有個妹妹周群美跟你同系，不知你認得不？他跟我很談得來。

祝好

乒乓

我真是有些不耐煩了，摺起信紙往信封裏裝時卻又發現了另外還有一張小小的便條紙。

祖名同學：

乒乓於本月一次任務中殉亡。

整理他的遺物時發現此信，代為寄發。

我們同是他的好友，由我來勸你不要悲傷實為難事。只是，在這樣沉寂的世代裏，死亡的消息或許反能使我們惶亂哭泣的心稍稍堅定一些。

節哀

周群豐

信紙一張張雪花似地散去。我走進客廳，希望有人能傾聽我敘述這個死亡的消息，然而他們正愉快地談著他們的往事，我沒有插嘴的餘地。當我伸手企圖制止他們時，卻不幸撞落了茶几上的一只古瓶，爸爸心愛的古董。

立刻，爸爸的叫罵聲像扭開的收音機一樣對著我捲來。我原想向他解釋的，而他的聲音一直是那麼大。我轉向媽媽，而她也板著臉，手一晃一晃地不知在說些什麼。

我不知道自己竟引起了這樣大的一場禍患，打消了他們愉快的情緒。像一個被放逐的罪犯，我撿起地上砸碎了的瓷片，難過地離開他們。

「真是一代不如一代，我們一輩子東奔西跑，到處都闖得天下來，可沒見過他們這一輩的窩囊廢做出一件稱人心的事，真是寒心哪。」

我聽見父親深深地嘆息著說。似乎媽媽也在嘆息，勞伯伯也在嘆息。整個他們那一代的嘆息困擾著我。

我把頭捂在枕頭裏，希望能驅走那些討厭的嘆息聲。我憎惡他們的嘆息，憎惡勞伯伯的畜牧事業。明天到學校裏我一定要告訴他們這些，告訴他們周群美的哥哥在前線當排長，以及，告訴他們乒乓死亡的消息。

（一九六七年十一月二十七日《徵信新聞報》副刊）

荷

怎麼跟你說這個故事？

整一個夏天我都在看荷花。

這一個夏天，你知道的，有著那樣豐爛的日光，把所有的物件都洗鍊出一種純粹的色彩來。因此，你被驚住了，好像從來不曾認識這些藍、這些紅、這些綠；這些舒展在陽光底下肆無忌憚的、驕橫的顏色。

也許，蟬聲可能是一種氣味，而芳香卻是可以聆聽的。

有一個敲揚琴的老漢，有一個一拐一拐的跛婦人，有一群嘻嘻哈哈逐戲著的小學生……。這些植物，這些植物怎麼樣有了、形成了它們生長的方式？

一朵荷可能是一句話，或僅僅是一個姿態。

如果你記起了那個古老的、拈花的故事，那麼，日光是什麼？一朵荷的姿態是什麼？圍繞著荷的莖葉是什麼？這些誕生、這些萎謝。漢子、跛婦人，這些逐戲。這些紅、這些綠、這些舒展在陽光底下肆無忌憚的、驕橫的顏色。

整一個夏天我都在看荷花。

但是，怎麼跟你說這個故事呢？

（一九七一年八月二十九日《中國時報》副刊）

藤蔓

上完課已經是五點多了，風從左邊的山谷吹來，大片大片的烏雲一下子就壓暗了天色。

下起雨來的時候，我們離車站還有二十分鐘的路。秋後山裏，日頭一落就有些涼了，加上衣服打濕了貼在身上，風一吹，就有些抖瑟起來。

山裏的住戶不多。幾處外僑的房子也都沒有可以避雨的遮簷。看到一幢正在興建中的樓房，大家就都絡繹地跑了進去。

工作中的匠人們放下了泥壁的平鏟望著我們，笑著，指著地上水壺說了什麼。我不大懂閩南語，我想是說：那壺茶是熱的。

年老聚色蒼黧的工人跟我們聊起天，年輕的一面工作一面哼唱著粗俚的調子，且彼此嬉鬧。

整個建築的門窗都還沒有裝，窗框顯得特別大，從一邊望出去，隔著天井，可以看見樓房另一面的牆壁，以及牆壁上爬滿的藤蔓和花朵。

我不知道這是那一種瓜類的藤蔓，依附在一堵正在建造中的磚牆生長得欣茂繁盛。年老的工人說：將等不到它結瓜就要被除去，因為那面磚牆要敷上水泥和鑲嵌美麗的彩色瓷片。

雨小了點，可以聽到法美寺的鼓聲了。道別了工人，走在泥徑上，好像一陣雨，路邊又冒出了好多草芽。雲隙間竟然還露著一點日暉。

（一九七一年九月二十八日《中國時報》副刊）

好鼓聲！——記雲門舞集春季公演

雲門舞集過去的演出，一直沒機會看。倒是陸陸續續從朋友處見到不少有關雲門的書面資料：海報、節目介紹，或是報章上的評介。透過這些，給我初步的印象是：雲門舞集旺盛的生命力與卓越的組織能力。

僅僅從圖片的介紹，也可以看出一個人數不多的舞團，在短短的三年中做了多少種風格極端不同的嘗試：現代的，像《盲》、《眠》、《現象》；中國古典的，像《寒食》、《哪吒》；平劇的，像《許仙》、《烏龍院》、《奇冤報》；地方色彩的，像《閒情》、《八家將》、《待嫁娘》。這裏面有在地板上翻騰扭轉的裸體，也有寬袍大袖，手持禪杖的法師；這裏面有憑依感官舞動的即興，也有嚴格訓練的西方芭蕾或中國國劇的動作。

在台灣，文化工作中各分野的單元一直沒有緊密的關係。這就直接地使我們文化界難以有較興旺、盛大的局面。然而雲門每一次的公演都集合了從事造型美術，從事音樂、文學、燈光……等各部門優秀的文藝工作者，使他們有系統地一次又一次地，以舞始為中心在一起合作了。這，無疑地，要歸功於雲門舞集極具合作觀念的主持人——林懷民。

拿音樂家做例子：

雲門每齣舞配的都是國內自己作曲家的樂曲——當我說：「自己」，

並不只是說「中國的」、「台灣的」，也同時是指時間上的「今天」、「目前」。因為，柴可夫斯基的《天鵝湖》、John Cage的即興音樂固然不是我們自己的，但是，《苗女弄杯》、《蒙古筷子舞》，也同樣和今天台灣的一切有天壤之別，斷斷不是我們「自己的」。只有在這塊土地上生活了二十年、三十年的人，才有能力、有條件去愛和了解這塊土地上所有的人共同的哀辛、歡樂，或者願望吧？！當林懷民選擇了史惟亮、許常惠、賴德和或許博允、溫隆信的音樂，他同時也就是選擇了「台灣」和「今天」做為他舞蹈所要詮釋的對象。

他們的樂曲裏，有簫、笛、鑼、鈸、木魚、唐鼓，也有鋼琴、提琴、長笛、喇叭、定音鼓……這些東西或調諧或彼此傾軋、沖激，讓我們會心或不舒服。然而，也正反映了我們二、三十年來文化面貌的實質。

這面貌是混亂的，雲門就反映出混亂；這面貌是急躁的，雲門就反映出焦急煩躁來。雲門把握住了從事文藝工作最基本的誠實，不虛矯的態度，這就是雲門所以為許多人（特別是青年學生）所喜愛的原因吧？！

台灣這二、三十年來文化具有相當的複雜性。在這裡，不但匯集了中、西各自源遠流長的傳統，日本五十年統治殖民文化的殘留，同時也攢集了中國各地方色彩的習俗，另外加上以美日為主的商業文化隨著強大經濟力大量湧入所造成的一股勢力，激撞在一起，就像那高山上奔騰而下的無數狂流，捲成巨浪，迸起水花。處在這種環境裏的文化工作者，或許整個翻覆沉滅了，或許把持不定，隨波逐流，始終立不起自己的基礎。只有守原則，肯合作的人可以首先挺得住，其次認定方向，能後大步走出一條路來。

雲門舞集受到社會的注目與好評，使我們更肯定了：各部門的文藝工作者應該有合作、齊頭並進的觀念，才能為社會開出新文化的眉目來。

我提到的新文化，是因爲優秀的文藝工作者，不應僅止於反映，到了一個階段，要從混亂中澄清出一個輪廓的大概，要從徬徨煩躁中訂出一個確實的路向。從雲門春季公演，我看到了這「新文化」的契機，而有無限的欣喜。

這份新的契機首先顯現於幕啟後的開鑼戲：現代舞與平劇的基本動作示例。

或許從來沒有一個舞團在公演時把基本動作搬到台上給觀眾看吧？！但是這一次，基本動作示例受到觀眾熱烈地讚揚。這種誠懇平實地把工作過程介紹給觀眾，不渲染、不神祕化的文藝工作態度受到了鼓勵。基本動作誠然是平凡的，但是，也是最確實的，至少我們不再接受文藝上神祕主義的愚弄，把看不懂的東西奉為神明或天才。

中西動作示例比較起來，小大鵬表演又是全部演出最激動觀眾的一個節目。那些十二歲的學子，藍布衫褲，紮緊的紅腰帶，魚貫而出走一個圓場，然後男女分列幾行，拍胸、踢腿……儘管動作不夠熟練，儘管台風還嫌雅嫩，那樣自信得簡直是驕傲，然而又是那樣彬彬有禮，一個美好祥和的中國，人可以活得那樣豁達大度，不卑不亢。這些簡單的東西，一下子就滾沸了觀眾體內的中國血液，不能自主地揚起一片掌聲，不自禁地要眼熱，要流下淚，要跑前去擁抱這些孩子，才十二歲，然而給我們看什麼樣才是真正中國的好兒女，給我們看勤奮、豁達、有禮的……中國。

取材自台灣民間布袋戲的《武松打虎》，也受到觀眾的激賞，編舞者林懷民以鷩堂木和旁白解說替代音樂，給這齣舞劇相當成功的節奏感和詼諧的成分。但是，就「舞劇」而言，舞的成分實在太少了。也許這齣舞劇從構想到演出的時間太倉促了，我們只感覺到編舞者有一個很好的構想，而這個構想還沒有被融化在每一個動作的細節中，沒有放置在適當的形式中來表達。林懷民幾乎是發揮了他寫小說的本能，以語言解說來彌補這齣舞劇在動作上的不足。

《小鼓手》最成功的是開頭的一折。阿福和父親出場，以國劇的身段做出拉縴、上船、行船的動作。這些動作絕對沒有國劇演員做得老練、準確。但是，因為人物造型和我們生活的現實面貌貼近得多了，因此，整個動作不再只停留在象徵性的舞蹈上，而是直接刺激我們的視覺，喚起我們沉澱在生活經驗底層的美感。

孩子唱的歌和整齣戲的發展配合得很好：

家住江南十里店，
浩浩的江水，
藍藍的天。
爸爸造了一條船，
又堅牢，
又好看。
又堅牢，
又好看。
他掌舵，
我撐船。
兩岸風光好，

轉眼到江邊。

上岸，

上岸，

……。

這樣的明白、簡單，這樣的純樸、健康，而且絕不虛誇，實在具備了我們文藝界最難見到的好素質。這一部分一直發展到幾個年輕壯實的男子手扛木板修龍船，和阿福共舞的一段都非常成功，特別符合了林懷民所提出的「給青少年兒童看」的要求。

相對地，到了第二部分，戲就開始散掉了。奶奶和爺爺相繼敘述端午節的由來，圍繞在旁邊的十幾個人，也許由於是空間的窄小，在舞台上形成臃腫的大疙瘩，是很不能叫人忍受的場面。

這一類情節的處理，中國戲劇中有很精采的例子。我們常常看到國劇中一個主要人物在舞台上長時間地唱或舞，而四周的人物變成「不存在」了。演員雖還留在舞台上，卻不會成為觀眾視覺上的負擔，不會分散主體人物的戲。另外，在國劇中，也有把主體人物淡去，讓其它人在舞台上唱或舞，來經營成主體人物活動的印象（例如，《遊園驚夢》中以十二月花神的舞蹈代替柳、杜的幽會）。這些，都使《小鼓手》顯得不夠。

更重要的，奶奶和爺爺的形象塑造得非常失敗。我們按照阿福十歲來推算，奶奶和爺爺的年齡應當在五十到六十之間。這樣的年齡絕不至於到彎腰駝背的地步。奶奶和爺爺給人的印象與其是老不如說是「病」、和電視劇中對五、六十歲的人非常概念的處理法幾乎不相上下，是我們不能滿意於編舞者的。特別是編舞者應該注意到故事發生在江岸以渡船或打魚為生的人家，五、六十歲是不會如此不堪的。最好的例子，國劇《打魚殺家》中的老英雄蕭恩，就是何等的英挺！

和這場主要人物的虛弱相矛盾的是：配樂和歌詞的沉重。爺爺以極嚴肅的男音唱出：

兩千年前的中國，
分成了七個國家；
齊楚燕韓趙魏秦，
常常互相征伐！

從上一段戲描寫江南村間節慶的喜樂輕鬆，急轉到民族史劇的嚴重悲壯，作曲家史惟亮先生似乎是再也按抑不住自己對那古中國無盡的鄉愁，或對那北國雪原廣浩的情懷吧？我個人覺得他是勉強自己不顧這時代氣力的厚薄深淺，硬要去發一種浩大的聲音，使人在壯大嚴肅的表面讀到了深一層時要跳出來的無可如何的悲哀。

我們時常會說起漢唐的詩歌，心裏懷著何等的仰慕。但是，一時代文藝的盛大事實上還依托真正政治、經濟……各方面紮實的基礎。因此，努力於建立盛大的文藝，就不是只在文藝的範圍上著眼所能夠做到的吧？

《小鼓手》的終場，全部演員從台上下來，走到觀眾群中大聲地唱：

五月五日賽龍船，

源遠流長兩千年。

汨羅江裏埋忠骨，

不朽詩人是屈原！

雖然經過幻燈一再打出：「請大家一起唱！」然而收到的效果還是不好。我覺得，一方面或許是觀眾長時間習慣了某一種文藝形式，對自己的表演沒有信心。但是，最主要的，還是音樂調子太高而且繁複，不是適合於一般人在短時間可以學會，可以一起跟著唱的一條歌。作曲家和編舞者顯然已有了新的觀念和理想中的文藝形式，才會放棄舊有的束縛，要求和觀眾接近。現在的問題在於技巧上知道。怎麼樣「帶」觀眾，用最平實、最親近的方法，完全拋開學院的或什麼「純藝術」的桎梏，簡單、明白、樸素地去「帶」，那麼一個大合唱的場面、一個歡欣鼓舞的場面，是一定可以預期的。

從西方的現代舞轉而嘗試和中國傳統形式結合，雲門畢竟只有三歲。就這回春季公演，我指出這些遺憾，就整個台灣新文化的成長來說，這卻是不可避免的過程。一個舞蹈家能夠跳最熟練的西方芭蕾，或一個旦角能做最優美的國劇身段，都是不夠的。台灣需要一位藝術工作者，能夠把兩者拉在一起，只要有潛力，肯努力，暫時的貧乏、尷尬都沒關係。

不到三年的時間，雲門舞集在混亂的舞蹈園地開出一條有發展的道路，推廣了社會上的舞蹈風氣。只要堅持，努力，目前的缺點一定可以改進，目前的尷尬可以逐漸諧和。但是，如果台灣嚮往一個完美的東西出現，不只雲門自己改進，同時代各個關心文藝的，都要去愛護、去鼓勵、去批評改進，繼起的文藝工作者也要接著做下去才行。中國歷史上最驚動人心的文藝作品，從不是一個人做成的，像《詩經》，像雲岡龍門的石刻，像敦煌的壁畫，像民間的戲曲傳奇，整個融合到民族文化的源流中去，是沒有任何人敢單獨用自己的名字去匹配的。因此，《武松打虎》和《小鼓手》中許多空白的部分，需要更多我們從事文學、音樂、造型美術的工作者共同參加進去，一起工作。

《小鼓手》中的阿福由雲門受過現代舞的訓練的袁安若和小大鵬的徐志文分別演出，給我們感覺到中國和西方傳統可貴的結合。也特別讓我們想到：我們的文藝工作大約要努力從這樣的年齡做起，雖然小，卻可以成長壯大。這就彷彿是阿福打了一通好鼓，高舉鼓槌，大聲地說：

看一看，
是不是——
英雄出少年！

為這一片好鼓聲，以及鼓聲所暗示的「新文化」的契機，我鼓掌！

——一九七六、三、廿二

（一九七六年五月十六日《中國時報》副刊）

相親

一

「車還不來！」

老田心裏嘀咕著，低下頭重新看了一次腳上的皮鞋——咖啡色、小方頭、塑膠底，早上用濕棉花沾鞋油擦過一次，現在還晶亮的。老田滿意地動了動腳趾，有點夾腳，可是鞋店的小姐說：

「先生，這鞋樣子好哇，腳背低才好看啊！」

小姐半蹲在地上用她白胖胖的手指捏著老田的右腳踝，左手隔著韌實的皮革輕輕地按著老田的腳背。老田像小學生一樣地坐著，張著黑紅的臉膛憨憨地笑。

「四百八十塊，實在是貴得很啊！」

老田心裏這樣想，可是感覺著腳背上隔著韌實的皮革輕輕按著的手，卻如何也說不出話來了。

這隻腳十六歲以前沒有穿過鞋的，成日成夜跟牛群在刀稜一樣的野草、碎石子的山路上踩，在爛泥裏踏，似乎比牛蹄還堅硬了，像老樹根一樣，到處是暴起的骨節，粗乾的皮上有割傷的疤，有生凍瘡留下的癬子，有一條一條粗絲的橫肉……

老田愧疚地看著自己的腳——穿了部隊裏新發的黑線襪，給簇新緊實的皮革滿滿地包裹著，給那樣白胖胖的手指輕輕按著，老田微微傾著前身不住地說：

「謝謝！謝謝！」

白胖的小姐抬起頭看，剛剛理過的三寸小平頭使這個應該有四十多歲的男人看起來很有精神。那樣一張傻憨的笑臉使她也忍不住嫵媚地笑了。她說：

「不太緊了嗎？」

「很好，很好！」

老田一瞥小姐白色灑粉紅碎花的尼龍衫子下面豐厚的前胸，不禁怦怦心跳了一下，兩隻並排擺在大腿上的手突然無處奔似地移到背後交握著。

小姐用左手握著老田的足脛，把鞋左右搖著慢慢卸下來，一面說：

「穿穿就會鬆的。」

她又看了一眼這男人——灰色府綢的短袖香港衫，口袋上別著一支偉佛鋼筆，開領的地方露出裏面一截草綠棉布套頭軍內衣。看起來，應該有四十多了，卻有著小學生的傻相，小姐又抿嘴笑了。

小姐把兩隻鞋用薄細的棉紙裹起來，交疊著放到硬紙盒裏，站起來說：

「先生，這邊付帳。」

老田望著她略微肥胖的小腿和豐厚白腴的膝彎，天藍色的寬褶短布裙，走起路時微微地搖擺。

直看到她走近櫃檯，老田才急忙拉起鞋來穿。而這高筒的厚底大頭鞋偏偏有那麼長的鞋帶，老田沒有照平常那樣把鞋帶在皮鞋筒上繞兩圈，繞到足脛後方打一個緊緊的結。他隨便繫了一下，就一面掏錢往櫃檯走去。

二

「車子還不來！」

老田從褲袋裏掏出手帕，乾淨而且疊得方方正正的手帕透著一股新鮮肥皂的鹼香。老田猶豫了一下，才舉起來在冒汗的額上輕輕印了兩下。

「眞是熱啊！」

汗一下子又從額上冒出來，像小溪流一樣一串串溜到眉上，順著眉毛和眼尾粗深的皺紋往眼睛裏流進去。老田瞇起眼睛，抬頭望了一下豔藍的天上已經爬得老高的太陽。

「新營竟是這樣熱的地方。」老田想。

從駐防的東部海邊搭公路局車子，走蘇花公路到蘇澳，再換車到台北，一路都還下著雨；再搭火車往南，過了豐原、台中，天氣就逐漸熱了起來。

老田一路都坐在車門的橫梯上看風景，像腦子裏記憶著的什麼故事似的，一片一片流轉過去的風景——柔綠的稻秧、紅磚的民房、工廠、堆滿大小卵石的河床、水泥橋、木麻黃的林子……

老田努力去想十六歲時跟部隊撤退下來一路上的樣子，卻什麼也想不起來。彷彿有一天到了一個城裏，城裏的人大部分都走光了，街上到處丟棄著家具、鋪蓋什麼的。可是城很漂亮，有許多高大堂皇的房子，有許多青石鋪的寬大的街道。別人告訴他這是青島，那些高大堂皇的房子是德國人蓋的，路也是德國人鋪的。

老田那時候穿了草梗和舊軍服撕成的棉布條紮的鞋子，走在寬暢平坦的青石板鋪的路上，覺得很開心，好像腳底可以不沾地似地走著。可是他看到一個男人揪著一個女人的頭髮，把女人的頭用力在青石地面上撞。女人殺雞一樣地叫，叫得人心裏發毛。老田呆住了，他看到石塊上沾了血，看到女人的頭像南瓜一樣地扁下去，掛在男人揪著的一撮一撮染了血的頭髮上，一動也不動了。

「小田，看什麼？走哇。」

那時候他們叫他小田。

小田說：「那女人不行了！」

「關你屁事，她是婊子！你心疼個雞巴！」

「那女人……」

「你還不走？要給拉出去斃掉！你要開小差不是？」

在青島他們上了船，以後就是日日夜夜連著的大海。糞便的臭、嘔吐的汙穢，他每天吐，吐到彷彿連心肺也要吐乾淨了才爽快。

「在這裏坐一下，透透氣就好了。」

有人把一個連連嘔吐著的女人扶到老田坐著的車門邊。

老田連忙站起來，把厚牛皮紙做的、印了紅信箋的公文封袋夾在左腋下，伸手把女人扶坐在車門口的橫梯上。老田低下身問：

「要不要喝點水？」

女人閉著眼睛搖搖頭，並不說話，老田等了一會，才在女人旁邊空下來的地方挨擠著坐了。

女人的臉色蒼白，尖尖的下巴，斜斜地把頭靠在抓著車門把的手臂上，車外吹進的風一忽一忽地飛打著她看來是新燙的髮髻。她穿了一身低胸的橘紅洋裝，肩窩上露出紫色織花的奶罩帶子。

老田想到那個叫麗紅的妓女也有一模一樣的奶罩，卻即刻把頭轉開了，彷彿在這樣光亮的白日地方想著人家是妓女讓他不安。但是，他已不能自止地想起了與麗紅睡在那窄小房間的種種——他喜歡一次又一次撫摸她光滑的手臂，麗紅告訴他什麼人揪她的頭髮，拿她的頭在牆板上撞，什麼人咬她的乳房，咬得發爛流膿，老田細細地親吻著她頸上常常留著的瘀黑的印子——火車轟隆轟隆轟隆的節奏竟使他無端地興奮了起來，他羞愧無地自容地左右偷窺了一下，把公文紙袋往前慢慢移蓋在自己的小腹下，然後用力咬了一下下唇，警告似地告訴自己說：

「要結婚的人啦！眞不像話。明年就要有孩子了吧？！」

老田轉眼看那女人閉目休息著，氣色轉得平和安靜多了的臉是相當姣好的。想到自己也將有一個這樣的女人夜夜睡在身邊，有那樣一張安靜平和姣好的臉蛋像麗紅一樣喜歡貼著自己的胸口睡，老田幸福地微笑了。

火車在鐵橋上硿隆隆地跑，橋下溪流蜿蜒。許多孩子在溪裏蹤跳呼叫，濺起白花花的水沫。老田看看錶，想：「新營快到了吧？！」

三

老田再往車牌上看一眼——寮仔坑。

「從新營火車站坐公路局車到寮仔坑換新營客運。」介紹人這樣跟他說，不會錯的。

老田再一次從他灰色府綢香港衫的左上口袋裏拿出黑皮面的小記事本，翻出一張便條紙，把地址重新看了一遍。

「文書上士的字，不賴吧？！」

老田偷偷笑著。他在隨營補習班上一直是功課最好的，那一陣子連軍中樂園都少去了，麗紅就跟連上其他的兄弟調侃他，說他要做司令了。

只有假日的早上，老田可以約麗紅到海邊走走，吃了午飯，就要趕緊送她回去營生。

老田駐防的海邊風沙眞大，冬天的季風吹起來冰冷而潮濕。原來就不多的漁村人口也慢慢遷到附近繁榮起來的市鎮去了，海邊就愈發來得寂寞。廢掉了的，用灰石塊砌成的燈塔做了海鳥的窩，從舊碼頭通到燈塔去的水泥橋也攔腰斷毀了，露出裏面一叢叢鏽紅的鋼筋，亂髮一樣地飛張著。

老田常坐在那半截水泥橋上看書。他喜歡一本叫做《世界偉人傳記》

的書，常常用他隨營補習得來的獎品——偉佛鋼筆——工整地把書裏面的句子抄錄在白紙上，壓在文書室自己辦公桌的玻璃板下面，譬如「能一次又一次堅強地從失敗中站起來的人，才是成功的人」這樣的句子。

「太熱了！」

老田拿出手帕來拭汗，已經是幾乎濕透了的、滿是汗酸、皺起來的手帕了。老田心裏有點躁起來，一輛高高地堆滿圓木的貨運卡車在沒有鋪柏油的路上地動山搖地奔馳過去，灰土「噗」一下子就轟轟烈烈漫天揚起來。老田急忙用公文紙袋把頭臉遮起，緊緊地退靠著身後的竹籬笆。

等灰土逐漸定下來，皮鞋上已經蒙了一層灰，老田恨恨地打開牛皮紙袋，提出一個裝著濕毛巾、牙刷、牙膏、肥皂盒的塑膠袋。東看西看，沒有可以擱的地方，就把袋子夾在兩膝間，繼續在紙袋裏翻了一回，把一疊長方形有肥皂厚薄的紅紙包捏了一下，「五萬塊錢！」老田心裏想了一下，灰紙包下抽出一張衛生紙，把裝濕毛巾、牙刷、牙膏的袋子再放回牛皮紙袋中，然後彎下腰，用衛生紙細細地揮著皮鞋上的灰，並且不時用口幫忙吹著。

「五萬塊錢啊！」

老田把衛生紙團起來塞回紙袋裏去。

介紹人說：是很好人家的女孩，在加工區電子工廠做過一年女工，去年工廠倒閉了，回到家裏，家裏田地上的收入一家人過著也就愈來愈緊，何況，大了總是要嫁人的。

「很好人家的女孩啊！」介紹人這樣強調。

老田看著相片上圓臉的女孩子，頭上夾著一支塑膠髮夾，畫出了很黑的往上挑的眉毛，不自然地歪著頭笑，一張孩子氣的臉上卻有一種假裝大人的可愛。

「新營麗影攝影社。」老田讀著相片下面一行字。

「要結婚了啊！」

老田無限感慨似地這樣想。

從十六歲開始就跟著連上年歲大的兄弟去逛窰子，從來也沒有想到要結婚啊！後來碰到麗紅，假日的早上在海邊走走，晚上就到麗紅窄小的房間去，有時候還聽到隔壁薄薄的板牆傳來過咒罵的、痛叫的、快樂的、呻吟聲音……

有一天麗紅來找他，一見面劈頭就問：

「你有沒有兩萬塊錢！」

他從抽屜裏翻出郵局的存摺——四千六百五十七元。麗紅就走了，他以後再也沒看見她，聽說是給人花兩萬塊錢買走的。老田一連喝了好長時間的酒，也不再帶著《世界偉人傳記》到海邊去看。玻璃板下面壓著的字條，「能一次又一次堅強地從失敗中站起來的人，才是成功的人」，長久沒有換，變得發黃了。

後來有一陣子連上流行割包皮，因爲一方面不花錢，還可以放兩天假，住在很舒服的軍醫院裏，並且更重要的，回來的人都笑嗤嗤地傳說著醫院裏年輕漂亮的女護士怎樣用沾酒精的棉花球在那地方細細地擦。

「他媽的人的，眞是癢得難過啊！」

這就很使許多人心動了，但是，老田一直不知道爲什麼要割包皮。

他也問過鄭大麻子，這個讀過高小的大漢子很嚴肅地跟他說：

「可以耐久！這是外國醫生科學很高的知識啦！」

這樣解釋，老田是很滿意了，但是因爲實在通不過年輕護士詢問的、水亮的眼睛那樣瞧他，老田就幾次像小學生一樣兩手深深插在褲袋裏，羞愧無地自容地敗下陣來，成爲連裏大夥取笑的材料。

後來連上還爲這事鬧了風波，因爲有人把割下來的包皮帶到廚房去炒在長官一桌的韮菜肉絲裏，讓做上士文書的老田抄查辦的公文很忙了一陣。

但是爲了這次結婚，想起「醫生科學很高的知識」，老田還是去割了包皮。

「因爲結婚是跟逛窰子不一樣的啊！」

大麻子老鄭結婚前跟老田這樣說過：「因爲結婚是要生孩子，生孩子是跟逛窰子不一樣的。」

大麻子老鄭一退休就花了大半的退休金在南部找了一個女人結婚了。

四

老田走到剛才買票的攤子上問：「怎麼車還不來啊？」

穿黑布唐衫的老太太用台語說：「要車票是不是？」

老田搖搖手：「不！怎麼ㄑㄧㄚ還不來啊？」

用這樣不倫不類的台灣腔來說，老太太還是不懂，她就回頭大聲向裏間叫著：「阿金！阿金！」

一個十五、六歲曬得很黑的女孩子跑出來，問老田：「買什麼？」

「不。我問：『車子什麼時候來？』」

「十點四十分。可是新營客運的車常常晚一點到。」

被這個身體長得很好的女孩子瞪著頑皮的眼睛看，老田有點不自在起來。

「要不要坐一下，喝一點汽水？」女孩子問。

「好吧！」

女孩子跑進去端了一張圓木凳放在攤子邊讓老田坐下，問：

「喝華年達，好不好？」

「好！」

老田坐下來，看女孩腳上趿著粉紅色的塑膠拖鞋，洗白了的大花土布衫子原來一定是很耀眼的，下面一條腥綠的短褲倒是觸目得很，緊緊地裹著發育得很好的臀部。

女孩拿了一支玻璃杯放到老田面前，把瓶蓋撬開，慢慢地倒，杯子裏迅速地升起一層泡沫和清涼的氣味。倒滿了，女孩坐在門口石階上直瞪瞪地看老田。老田避開眼睛，看老太太坐在攤子邊打盹，幾隻蒼蠅嗡嗡地飛，有時就停在老太太的臉上。攤子是從房間窗戶的邊沿搭出來的一張木板，上面放著幾支玻璃罐，裝著話梅、橄欖、花生、用紅紙條紮著的甘草枝，紅藍色塑膠和鍍金錫質的女孩子的戒指、項鍊……。老田抬起頭，上面用竹竿斜撐出來一張藍白條紋尼龍線編的篷子，但是還是擋不住直照下來愈來愈熱的太陽。

「先生從那裏來？」女孩問。

「東部。」

「不是台北啊！」

「住了一天。」

「台北好玩嗎？！」

「我只住了一天。」老田說。

「有沒有看到鳳飛飛？」女孩子興奮地問。

老田看到她脖子上戴著一串跟攤子上賣的一樣的鍍金錫質項鍊，下面有一顆寶藍色的塑膠玫瑰花形的墜子。女孩子上身輕輕扯著，嘴裏唱道：

你儂我儂，
忒煞情多，
情多處，熱如火，
滄海可枯，
堅石可爛，

此愛此情永遠不變——

老田笑著把杯裏的汽水喝完。看到瓶子和杯子的外緣結著一粒粒晶亮的水珠，聚集得多了，就一連串地流下來，在玻璃面上留下一條條透明的水痕。

車站忽然來了些人，有擔著甘蔗的小販，揹著、抱著孩子的女人，手上提著大大小小的籃子和花布包。

「爸爸要送我去楠梓做女工，我要到台北唱歌！——把一塊泥，捻一個你，留下笑容使我長憶——再用一塊，塑一個我，長陪君旁永伴君側——」

女孩的皮膚黑得有點像麗紅，黑，但是乾淨，連那尖尖的下巴也有點像。但是麗紅是不會唱歌的，她連講話的聲音都是啞啞的。

「車快要來了吧？！」老田看到漸漸多起來的人說。

「我阿媽要我嫁人！」女孩指一指已經歪睡著的老太太，頑皮地吐一下舌頭。

「多少錢？」老田看到遠遠的路上有一陣飛起來的灰土，車子來了。

「七塊錢。」

「謝謝，先生。」

女孩子踏著電視歌星的步子，搖擺著身體，聲音愈來愈高：

將咱兩個，一起打破，

再將你我，用水調和，

重新和泥，重新再做，

再捻一個你，再塑一個我，
從今以後，我可以說，
我泥中有你，
你泥中有我——

五

老田擠在最後上了車。車子裏蒸籠一樣地蓊鬱著一團窒悶的熱氣，夾雜著人的汗臭、孩子的哭叫、水果甜爛的氣味，穿了印著黑松兩字汗衫的男人嚼著檳榔，血紅的一張口蠕動著。老田靠在車門上，不住跳動的車子震落著額上的汗粒，濕透的棉布內衣也緊緊地膠一樣地扒在脊背上。

他覺得這車開得有點暴躁，彷彿受了無數委屈的野獸，低低地從肚腹裏吼著、咆哮著，遇到一點戟刺，就憤怒地暴跳起來，要踏碎、撞碎，用自己的身體去硬拚這不合理的、他媽的不像人的鬼路。

車上的人被左右甩著，孩子從媽媽的膝上「嘩」一下飛出去，摔在甘蔗擔子上，哇哇大哭起來。媽媽一把拉回來劈哩啪啦在孩子頭臉上打了一陣，粗啞地罵著：

「幹！開什麼鬼車！要開去死不是！」

車子並未減緩下來，在死白的接近正午的陽光下奔騰跳躍著往前衝去。但是車裏的人卻不驚惶，有人咒罵，有人嚼著檳榔無事地直瞪著前方。車掌小姐在蓬鬆高高堆起的頭髮上歪戴一頂藍灰色小小的船型帽，低著頭用一支髮夾子剔著指甲裏的黑垢。他們都並不驚惶。

「好奇怪的車子啊！好奇怪的路啊！」老田這樣想。

「這些人——」老田看一看那些臉，大部分是黑的、粗礪如海邊的岩石，骨骼堅硬的，「這些人不害怕。在這樣他媽的車子上，這樣的鬼路，他們不害怕。」

老田把公文牛皮紙袋在左腋下夾緊，舉起手臂，把額上的汗擦掉。灌進來的風吹在汗濕的手臂上冰涼涼的。老田覺得左腋底下鼓鼓的、一疊兩塊肥皂合成那樣大小厚薄的鈔票。

「五萬塊錢！」

介紹人說：「五萬塊錢不算貴的，是好人家的女孩啊！不信你去窰子問一問，也要三萬多吧？！」

車上的人下了一些，老田往前找了一個位子坐下。塑膠皮的靠背火爐一樣燙，老田直著背坐著，不敢往上靠，右手緊緊抓著椅墊。

車子還是瘋了一樣地顛跳著。老田隔著幾個人看過去，看到一個渾圓的、刮得精光的頭，粗短的脖子。抓在駕駛盤上的手左轉右轉，彷彿不能安定下來似的。老田仔細看著他很粗的臂膊，極黑，上面印著那麼遠也能看清楚的銅錢大小的瘢疤。「好熟悉的人。」老田這樣想，就不禁站起來，從幾個人中間穿過去，走到那人背後，仔細看了一會兒，然後彎下腰，低叫了一聲：

「大麻子！」

那人回過頭看了一眼，又轉過頭去了。

老田繞過鋁製的橫杆，在他並排的前側低下頭：

「大麻子，碰到你了！」

大麻子把臉上鍍銀的太陽墨鏡摘下來摔在車窗前沿的台上，咧開大嘴笑了一下：

「老田啊！怎麼跑到這地方來了。」

車子速度慢了下來。

老田沒有立刻回答。看到大麻子一張扁平遍布著凹凸疙瘩和麻子的大臉，忽然有一點害怕。

「大麻子開車怎麼是這樣的！」他心裏這樣想，嘴裏卻答著：

「我來相親。」

大麻子轉過來看老田一眼，說：「喔！！」

車子在兩邊已經比北部長得較高的稻田中央緩緩地馳著。路還是壞的，但是因爲開得慢，謹慎地開，感覺起來是穩妥多了。坐在前座的客人下了車，老田就坐下來和大麻子聊著。

「大嫂好不好？」

老田想起在結婚喜宴上穿了一身大紅緞子盤雙鳳長旗袍的那個女

人。那天大麻子穿了西裝，很開心地咧著大嘴笑，一桌一桌地打通關，把一張麻臉喝漲得發紫了。

「她跑了！」大麻子說。

車子在坑上暴跳了一下。老田交握著大手「喔！」了一聲之後就不說話了。

「我現在住客運公司的單身宿舍，你辦完事來看我。」

老田說：「好。」掏出了筆記本和偉佛鋼筆。按著大麻子告訴他的地址慢慢記下來，遇到車子顛得厲害，他就抬起頭停一下，看到大麻子又把墨鏡戴上了，鍍銀的部分在陽光照射下反映著奇異的冷冽的光，而那光上面又浮現著一路稻田的、紅磚民房的、水泥橋的、木麻黃的風景。

「我又要結婚了。」大麻子忽然笑著宣布。

「好哇！」老田終於覺得可以鬆開不知道怎麼辦的老是交握在一起的一雙大手，掏出手帕重新掐了一把汗。

「她家裏要價要的很便宜。」大麻子右手在排檔桿上猛按一下，說：「她是『瞎子』。」

大麻子又把墨鏡摘下來，瞇著眼睛抗拒那直刺人的死白的陽光，一臉的汗水發著亮光，讓老田想起剛才汽水瓶子上一道一道透明的水痕。大麻子單手把著車盤，一隻手垂吊在旁邊，吁了一口氣說：

「瞎子好，不要再跑了。她看不到我。我會對她好。我要孩子。」

轉了一個彎，正對著直打進來的太陽，這條路上連木麻黃也沒有了。大麻子只好再把墨鏡戴上。黑鏡底下無數竄流著的水痕在凹凸不平、布滿疙瘩、粗礪如岸石大的臉上發著亮光。

「我下站就到了。」

「我把你載到門口，她家在兩站中間。」

老田用力捏了一捏公文紙袋裏面長方形肥皂厚薄的一疊東西，再低了頭看了看鞋子，好像一下子經許多人踩踏過，又走了無數的壞路，原來還簇新的鞋子已經髒而歪扭了。老田從紙袋裏找到那團衛生紙，彎下腰用力擦了一回，抬起身看，鞋樣子已經變了，被一雙老樹根一樣多骨節的、有著割傷的疤、有著生凍瘡的癤子的腳給撐壞了。老田望著它，無端地難過了起來。

「到了，老田。晚上等你啊！」

老田驚惶地把紙團塞進袋裏，四下張望了一下，跟大麻子拉一拉手，跳下了車子。

車子仍然如一匹暴怒的野獸，低吼著往前衝去，翻起一片滿頭滿腦罩下來的灰土。

六

老田呆呆站著，等灰土落定了，帶著稻香的一陣溫熱的風吹到臉上，他才開始仔細察看起路邊這幢簡單的、土磚蓋的房子。

房子前面有一塊不大平坦的打穀場，顯然是用竹掃笆剛剛掃過的，地上留著如梳子仔細梳過的一排排細紋，給正午的太陽直照著，看起來乾淨而清爽。一台廢棄的腳踏車輪胎束著一堆乾草堆，下面的乾草用得差不多了，裏面支撐的木柱微微傾斜著。

一堆新劈的柴木旁邊是用綠色波浪塑膠板搭出的一個棚子，裏面傳出「咕」「咕」的叫。彷彿是夏天午睡醒轉過來時混沌茫昧的什麼東西隨著那「咕」「咕」的聲音在老田心底撩撥著。

天淨藍而高，太陽烘烘地逼在頭頂。老田走上打穀場，看到自己的鞋子在白而平坦的、有著整齊如梳子梳過的細紋的土地上留著模糊的印子，老田怯怯的，彷彿怕踏壞了什麼似地停住了步子，看著已經給自己歪扭的腳撐得變形了的鞋子發呆。

雞棚裏又傳來細細的咕叫，老田抬起頭，看到正對著自己，土磚房的正門上懸著一段紅布，簇新的紅布還沒有脫漿，如紙剪的一般隨著微風掀起，落下，掀起、落下……

（一九七七年八月《現代文學》雜誌）

青青河畔草

我的開始寫是在十四、五歲的時候。

初中以後，忽然對文學、繪畫、音樂有了無可救藥的執迷，大部分時間便用來讀小說、畫畫、唱歌，把學校的課業弄得一塌糊塗。

那時候，我的家境很壞。父親從軍隊退下來，賦閒了兩年，才在省政府謀得一個公職，微少的薪水，必須供給六個子女讀書。曾記得：我們的三餐，幾乎好幾年不變，一直是一盤空心菜和一碗便宜的蛤仔。這樣的條件下，自然不必談藝術的學習了。

想起來，我最早的藝術教育竟是來自於母親。

我的母親是一個愛說故事的人。她是遜清旗人官宦家庭的獨生女，革命以後，那一個顯赫的家庭遭遇到了一連串的劇變。她的童年，孤獨地伴著我的外婆，守著一幢古老的宅邸。那裡，不但到處是灰塵蛛網，到處在斑剝褪色，甚至，連人也是鬱鬱不樂的。

這一對母女，重覆著家族的故事。關於他們先祖的功業，關於曾經有過的令人難以置信的奢華，關於革命時候的家敗人亡……她們談起來，那麼感傷，又那麼自傲。

我的母親從此養成了複雜的性格，鬱鬱不樂，高傲孤獨，然而，又是多幻想的。她從外婆口中聽來的家族歷史，在反覆敘述中，逐漸被附麗成了一個傳說。這些，都成了我記憶中最早的文學的感動。而母親性格中的種種，也不知不覺在我身上留下了不可磨滅的痕跡罷。

我讀初中的時候，在不花一毛錢的情況下，讀了不少世界名著小說的翻譯本。

從我家到我就讀的中學，要在重慶南路轉車，離東方出版社不遠。每天下課，總要到書店去，站在書架邊看書，看完一部分，摺一個角做記號，第二天，再接著看。我大部分的小說都是這樣看完的。

回想起來，大半是十九世紀歐洲浪漫主義時期的文學作品。那裡面狂熱的理想色彩，使我逐步養成了淑世的願望。歐洲在十九世紀對於自由、平等、博愛這些信念的憧憬，那種熱情投身於一個理想的情操，對於我——一個正努力求知的青年，是有著多麼大的感染力啊！

至今，我仍能清楚地記得，最初看的幾本書，《簡愛》，《咆哮山莊》、《雙城記》、《約翰．克利斯朵夫》，給我那等待成長的心靈上巨大的震撼。

我也短期學過畫，終於因為家境無力負擔而停止。學音樂更不必說了，那時，一般人心目中最昂貴的「藝術」大概就是音樂和芭蕾了。文學，比較起來，的確是最不需要成本的。我的開始寫詩，大概就是這幾種機緣湊巧的結果罷。小學時候看的刊物，《東方少年》、《學友》上面都常常有一些短小的白話詩。初中以後，書攤上我最常翻的文學讀物是《野風》和《詩．散文．木刻》。那個時候記性好，往往翻看一會兒，便能背得一首小小的詩，一路記著走回家去。

民國五十年以前，台灣喜好文學的青年，對於五四新文學運動以後的作品，最熟悉的，大概莫過於徐志摩和朱自清了，一開始起步，自然受到他們的影響。

我初中的數學本子上，便逐漸寫滿了片斷的句子。有時候是一個景致，有時候是一種感覺，有時候簡直是含糊的囈語。也不知道為什麼而寫，只覺得是一種內在的衝迫，彷彿滿月的潮水，飽滿而高漲。我最初的「詩」，便是那少年旺盛的精力下湍急不安的聲音吧！

那些詩竟一首也沒有留下。

高中時，參加救國團辦的一次文藝活動，認識了瘂弦。他很鼓勵我的詩作，陸續把我的作品發表在當時的《青年雜誌》及馬來西亞發行的《蕉風》等刊物上。

我正式受人指引，較嚴肅地寫起詩來，是從這個時候開始的。瘂弦也介紹我讀了不少台灣當時的現代詩、詩論一類的書籍。對於那時的我，雖然是非常艱深難懂的讀物，我還是用近於使命的態度來勉強自己讀下去，並且以他們做為我的前輩，開始模做和學習了。

我的停止寫詩是在進了大學之後。

大一那一年，我的心情十分低劣。無論生活本身或是與文學的關係，都陷到一個糾結不清的地步。我讀的書有了顯著的改變，大部分傾向於歐美現代化的作品，當時廣泛被介紹的存在主義，齊克果、尼采、沙特、卡繆、紀德……的集子，一本本翻過。回想起來，那真是辛苦的一年，好像承受了過多的對生命的質疑，簡直拿自己沒辦法了。

在那樣的情況下，許多現代詩，由於它的晦澀，由於它比較傾近於意象、詞彙等形式上的安排與經營，較難給我生活本身的震撼，便自然和我愈離愈遠了。

從初中開始，陸續集起來的詩，包括發表的和未發表的，統統散失了。一方面，我一直和兄弟共有一間房，小小的角落，一張床、一張書桌，不可能堆置太多東西，我就有了隔幾年便清除一次積物的習慣。另一方面，清除積物，彷彿也成了我對自己生活有新的蛻變的一種交代。

大一暑假之後，我就開始寫小說了。似乎這是一種更好的方式，足以處理我當時對生活的質疑與追問。陸續寫了幾篇，其中較受注意的是《勞伯伯的畜牧事業》。這一篇小說，大概綜合了我最初所受歐洲浪漫主義文學及當時存在主義風潮的影響，一方面十分苦悶，瀰漫著無目的的叛逆，另一方面，理想的色彩還一貫堅持著，雖然有點遙不可及，卻還是整個作品的主調。

《勞伯伯的畜牧事業》之後，我幾乎完全不弄文學了，變得努力喝酒，一直到大四，終於得了肝炎住院，才算終了。

在醫院住了兩個月，父親送了我一套廣文書局出的熊十力的書，我先看的是《讀經示要》和《十力語要》。在整個復原期間，養成了我此後沒有停止的，對中國文學、史學、哲學的閱讀。我真是應該感謝那場大病，彷彿因此找到了一個寬裕的世界。從病中痊癒以後，不再是少年時擠迫不安的生命了。

服役的一年，我在鳳山。部隊中的老士官引起我很深的感慨。他們口中戰亂的故事，那些故事中的人，他們坎坷的一生，讓我覺得愧疚。彷彿我的年輕、幸福、學歷、待遇，不過是一種可恥，因為他們也應該有，卻沒有。甚至因為知道有人那樣生活過，我的幸福與嬌寵就不過只是一種諷刺，嘲笑著我努力執著的文學的理想。他們蒼老、孤單、遍布了歲月辛苦痕跡的身上，寫著中國近代的苦難，以後，無論走到那裡，總不能忘記他們的形象，雖然也曾經在小說和詩中嘗試記錄他們，卻一直並不滿意。

我的再次開始寫詩，是在一九七四年的夏天。中間停了有七、八年之久。我已經服完兵役，讀完研究所，到法國去弄西洋藝術史了。

我去法國是在一九七二年的秋天。從小隨父母到台灣，一待二十幾年，從來沒有離開過，第一次遠行，自然有很多感觸。

在離開台灣以前，有一種鄉愁，從小跟著我。經過父母不時地描述，經過學校教育的強調，我一直相信，有一天我要回到故鄉，那個「大陸」，像一張美麗的秋海棠葉，那麼遠，又那麼近，便成了我致命的鄉愁。

然而，當我離開台灣之後，我被一種無法排遣的新的鄉愁困擾著。那個鄉愁，卻不是父母和學校給我的，是真真實實我自己的鄉愁。家門口賣油粿的攤子，淡水河暴漲時上游沖下來的冬瓜，菜市場口打煤球的老人，攤春捲皮的男子，保安宮前的野台戲，那個閃亮著金牙的花旦，父親釘在客廳牆上的中國大地圖和國父遺像……等等等等，這一切，清楚地浮現出來，使我忽然承受了雙倍的鄉愁，我父母親的，和我自已的。它們成為我在異國陌生的都市裡永遠的伴侶，在睡不著的夜晚，在冷冷的路燈下，當我往前走，它就靜靜地跟著，不發一言，而當我因寂寞的情緒哽咽不止時，它也一起飲泣。那便是我的鄉愁啊！我到現在，還弄不清楚，它們是我的，還是我父母的。而如果，這毫無緣由的東西，使我鬱鬱一生，無處自適，又究竟是誰作弄的把戲呢？

我這矛盾莫名的鄉愁，便成了我再次開始寫詩的主題。許多人弄不懂，跑來問我，我也無法回答，這毫無邏輯的鄉愁，我既無法細細分析，也只能報以荒謬的苦笑。一九七四年，我再次動筆以後的詩，不過是這苦笑的回聲吧！

一九七四年夏天，我去義大利。為了省錢，這趟旅行是搭便車去。

站在路邊，翹起大拇指，請過路的人順路帶一程。這樣一站一站，從巴黎，一路南下，過阿爾卑斯山，到米蘭，轉威尼斯，再下到佛羅倫斯、西耶納、羅馬，一直到那不勒斯、龐貝以南的鄉下。

身上揹一只小小的布袋，一套簡單換洗的衣服，在陌生的村落，找一間便宜的小店，一面吃，一面跟旁邊的人閒聊。路上認識了很多人，有瑞士的商人，不斷暗示他多麼想跟一個東方男孩子睡一覺；有從南斯拉夫來的工人，假裝學生，住進國際學生會的便宜宿舍；有希臘的大學生，一頭鬈髮，跟我說他的故鄉馬其頓；有智利的青年，在政變後流亡歐洲，變得憤世嫉俗……

我十分興奮地和這些人交談、告別，交談、告別，覺得沒有負擔，很像一個流浪漢了。

但是，到羅馬以後，我的鄉愁便又起來，寂靜的時候，在一角落，偷偷窺伺著我。我懷鄉的情緒，如發酵的酒，努力翻湧，按抑不下。

我很想讀點中文的書，一時找不到，就買了一本筆記本，把自己能背的古文和詩，一一默寫下來，從《詩經》到《楚辭》的片段，到《史記》，到漢樂府，最熟的還是唐詩和宋詞，整整寫了一本，好像這就是我鄉愁的病根，把它們一一嘔吐盡了，心裡也舒暢了一些。

這些背錄下來的韻文和詩，重新去讀他們，發現其中一貫的樸素和乾淨，毫不做作勉強，像面對著親人說話，以他們的親切自在，千古以來，打動了中國人的情感。

「青青河畔草，綿綿思遠道，遠道不可思，宿昔夢見之，夢見在我旁，忽覺在他鄉……」這裡說話的是一個思念丈夫的婦人，起先是思念，到了「入門各自媚，誰肯相為言？」那寂寞孤單真是悽傷得讓人不忍了。但是，下面一轉，丈夫來了信，婦人端端正正地拆信、讀信。

信中說的竟然只是「上言加餐飯，下言長相憶」，這樣深厚而普遍的情愛，到最後，也不過是「保重身體啊！」那樣簡單樸素的一句叮嚀。

我重新燃起了寫詩的衝動，不再是為了一個驚人的造句或意象，而是把心底真實的情感直接傾吐出來，希望能直追古詩中優秀的品質。在回法國的路上，就一系列寫了「寫給故鄉」之一、之二……幾首，陸續地寫，陸續地改，一丟七、八年的詩作又重新接了起來，五年來，也集了四十首。

一九七六年底，我回到台灣，工作比較忙，情緒比較不容許隨意地泛濫，使我重新又注意起詩的形式問題。詩，做為文學中的一種韻文，顯然在形式上應當賦予更多的關心，雖然不是為了形式而拼湊毫無情感的意象與詞彙，但是，把內容放進一個適當的形式中去強化情感，自然是詩無可旁貸的責任。

「花謝花飛飛滿天」，七個字當中，重複兩次「花」，兩次「飛」，「花」和「花」之間，間隔一拍，「飛」「飛」兩字緊密相連，這七個字當中造成的紛複迷離、花瓣飛揚的景象，自然是另一種形式所不能替代的。豐富的中國詩歌遺產，如何繼承，如何在新的文學形式中有機地轉化，不會是一個今天的詩工作者毫不在意的事吧！

然而，白話詩的歷史這樣短，中間又經過意外的阻隔，都使得今天的「詩」，還在形式的摸索階段。聞家驊曾經說過，每一個時代的「新詩」，都是不像詩的，但是日後，卻是這些不像「詩」的「詩」，成為那一時代的文學。聞家驊說這段話，已是五十年前的事了，他那時是為白話詩辯護，而今天，五十年以後，我們的問題還是一樣的，無論叫它「白話詩」、「新詩」、「現代詩」……都不過是一種形式的摸索罷了。

雖然，至今我沒有看到一個詩人提供了完全成熟的新詩形式，但是，這其間，透過這些並不十分完美的形式，我還是被幾個時人的品格感動了，在動盪紛亂的近代史中，以他們絕不作偽的聲音，以他們無私的胸懷，唱出了他們的堅持，也唱出了他們的不恥。

我把這些年摸索的痕跡，收集整理，成績真是微不足道，但是，除了形式而外，如果它能令讀者感覺到那一種品格，我才能覺得安心。

（一九八〇年十一月八日《聯合報》副刊）

輯二

一餉貪歡

告別自己的文青時代：當我把愛當成了習慣

芒種，《紅樓夢》大觀園裡的少年和花神告別，告別自己的「文青時代」。

每個人回頭看自己的文青時代，都有一點羞赧吧，日記中的詩或無端的憂傷。

我的文青時代延續很久，從初中到高中、大學，一直延遲到巴黎讀書，彷彿不想從文青的夢裡醒來。

一九八四年自畫像裡還很文青，畫上說「當我把愛當成了習慣……」

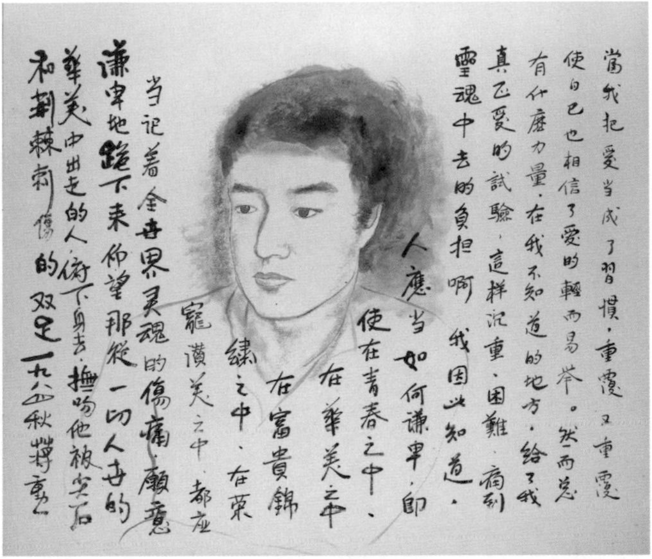

蔣勳，《當我把愛當成了習慣》，1984，水墨設色紙本，
63 × 68cm 收藏者／黃永洪先生

現在讀起來還很臉紅耳熱。

這張畫送給好友黃永洪，三十年不見了，也許是「Dorian Gray」閣樓上永遠不會改變的一幅青春畫像。然而畫像主人，在現實裡，已經衰老不堪了……

垂老之時，還可以輕而易舉，把愛當成習慣嗎？

永洪意外找到這張畫，引起我想展一次「文青時代」。

在台東卑南遺址公園展示館的附設咖啡廳，一面牆上，有這張自畫像，有中學大學時代隨便塗鴉的卡繆、卡夫卡、丹麥哲學家齊克果，美國詩人佛洛斯特……

掛好作品，在遺址公園夏天的風裡，和阿佑談「文青時代」，像聽著許多歌手唱的「When we were young……」

這個可能完全與美術無關的展覽，只是殘破陳舊的手稿，遠遠告別自己文青時代的紀念吧……

齊克果速寫

文青的時候，不完全清楚自己為何會迷戀一位作家，讀他的書，把他的畫像黏貼在書桌前，日夜相對，彷彿陪伴青春的一位好朋友。

十九世紀，丹麥哲學家齊克果（Søren Aabye Kierkegaard），他的《齊克果日記》《恐懼與顫怖》，譯為華文，在文青之間被傳誦著。

讀到他書寫的生命狀態：荒謬、恐懼、靈魂的怖懼與顫抖，絕望與死寂……

蔣勳，《S·齊克果》，1969，速寫紙本，38.6 × 28.5cm

素描了一張他的肖像，瘦削的臉，寒冷澄淨可以看穿靈魂的眼瞳……

然後，那張素描頭像貼在書桌前好幾年，紙上也有了日曬的痕跡。隔著半世紀，回頭看自己文青時代留下的一張陳舊紙張，其實與文學美術都沒有關係。只是文青時代任性自己孤獨的囈語吧……

大浪淘沙，一粒沙掉進貝殼中，柔軟的肉會痛，便要分泌液體去包裹那一粒沙，日積月累，形成一粒珍珠。

文青時代，是那一粒不起眼的沙，卻也是一顆珍珠的起點……

今天讀到我喜愛的比利時作家尤瑟娜（Marguerite Yourcenar）的一句話，她說：「我們最初的祖國都是書……」

卡夫卡速寫

這件小小素描，背面還有卡夫卡（Franz Kafka）的照片。

卡夫卡，大概是許多人文青時代迷戀的對象吧。

閱讀《蛻變》、《城堡》、《審判》，進入他荒誕而又這麼真實的世界。

好多次夢醒時真的發現自己是一隻甲蟲，用甲蟲的視覺看每天醒來的臥室，用甲蟲的言語和家人溝通，所有的溝通都變成誤解。

文青時代我們如此孤獨，不想溝通，或不屑溝通。

如果最終溝通只是誤解，不妨就冷笑著看這荒謬的一切吧。

蔣勳，《F· 卡夫卡》，速寫紙本，25.5 × 18cm

冷冷笑著，眼睛卻看穿了現實的假象。那是我當時畫他的肖像的初衷嗎？或者，我也誤解了卡夫卡？

到歐洲的時候，刻意去到捷克布拉格的城郊，找到卡夫卡的墳墓。是一個猶太人家族合葬的墳，我有些難過，覺得他終究無法孤獨自處。

卡繆速寫

文青時的曾畫過幾件作家素描——齊克果、卡夫卡、卡繆。

也許，文青時代持續最久的偶像是卡繆（Albert Camus）吧……

高中時陳映真是英文老師，要我們直接讀卡繆《The Stranger》英譯本。

當時坊間中譯的卡繆著作極多，《瘟疫》、《墮落》，他的劇本《誤會》、《正義》也讓許多文青著迷。

還有他改寫的希臘神話「薛西弗斯」，把人類存在比喻為推巨石上山又滾落的懲罰，卡繆引領著一代青年把神的酷刑轉換為生存的真正意義。

背叛神，背叛命運，挑戰存在的宿命。

那一張照片，叼著菸，一臉倔強、絕望、苦悶，那是文青時代孤獨至極的自我寫照嗎？

生命果真是荒謬一無意義的嗎？當時依據這張照片畫著，也許思索著這一張臉中有多少無奈與悲憫，像《瘟疫》中看著受病痛折磨死去嬰兒的醫生，我們對生命受苦束手無策，我們懷疑神或上帝？究竟這樣苦痛的存活有何意義？

生命或許沒有真正的「覺」「悟」，《The Stranger》誠實又勇敢面對虛無，不用任何假象的「意義」偽裝（或武裝）自己，文青時我彷彿讀懂了一點他荒涼苦澀的叛逆。

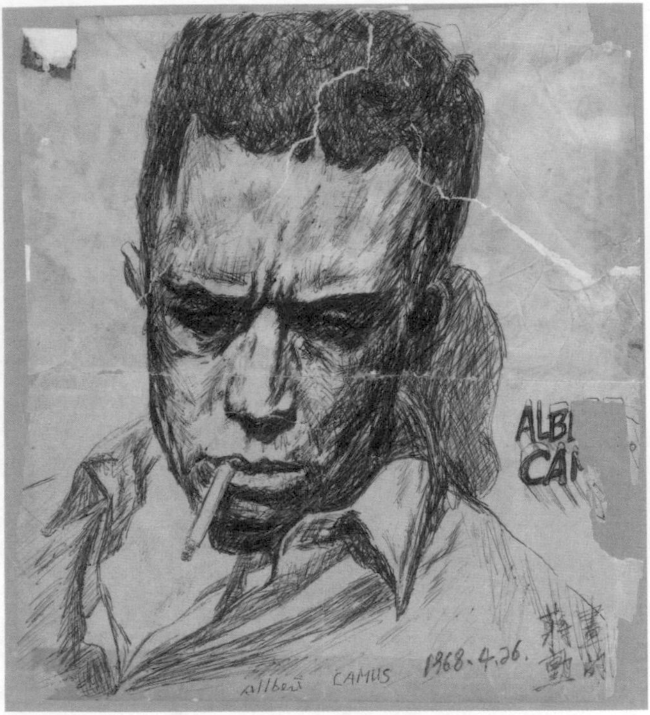

蔣勳，《A·卡繆》，1968，速寫紙本，27 × 24.8cm

紙片貼在書桌前太久了，泛黃、破碎，然而孤傲依然堅持不肯輕易潰散。

畫這張畫像的一九六八年，卡繆已經車禍逝世，如同他許多次談到的不可知、不可預期的死亡。我翻開他的書，一字一字讀，像在讀送別朋友的悼文。

四年後，去法國讀書，有一部分也是因為卡繆吧……文青時代的記憶深刻難以磨滅。

希望另一代的文青不再這麼沮鬱……

相尋夢裏路，飛雨落花中

小時候很愛畫畫，記得最早是漫畫，葉宏甲的「諸葛四郎」之類。小學數學課本有練習簿，一頁六格，剛好拿來畫連環圖。自己編故事，自己做繪本。

初中時候已經不畫漫畫了，迷上好萊塢電影，就畫了不少明星照片。家居附近有一殘障人，開一寫真館，用炭精筆替人畫像。他寫真能力好，畫得很真實，許多人死了親人長輩，只有小照片，就交給他畫成大幅的遺容像，掛在家裡祭拜。

我每天跑去看，他在一張一寸人像照片上，打了格子，按照格子比例放大，可以畫成大約兩張A4紙大的肖像，和照片一模一樣。我每天看他畫，如何打格子，如何勾輪廓，如何用棉花擦陰影。回到家就找出明星照片，照樣打格子，處理陰影。奧黛麗・赫本，費雯・麗，洛・赫遜都畫過。畫好以後，拿到照相館翻拍，把原照片和翻拍畫的照片一起給同學看，他們分不出來，我就很得意。

那位殘障畫師是我啟蒙的老師吧，一直很懷念他，蜷曲的雙腿，坐在輪椅上，安安靜靜用炭粉處理畫面。

高中時讀很多存在主義，開始寫詩，變成文青，也就用同樣寫實的方法畫卡繆、齊克果，畫美國詩人佛洛斯特。畫在筆記本上，用鉛筆、原子筆，隨意速寫，也不打格子了。畫完用膠帶貼在書桌前，太破爛陳舊了，就揉了丟在字紙簍。

我於繪畫也許只是這樣可有可無吧？

媽媽先祖是遜清貴族家庭，她常轉述家中長輩說革命時的事。砸碎的官窯瓷器，搶走的翡翠扁簪，燒成灰的一箱一箱的善本書。那些故事都與我無關，但或許讓我每每看到別人沾沾自喜新得的一個花梨木紙鎮，也為他高興，卻

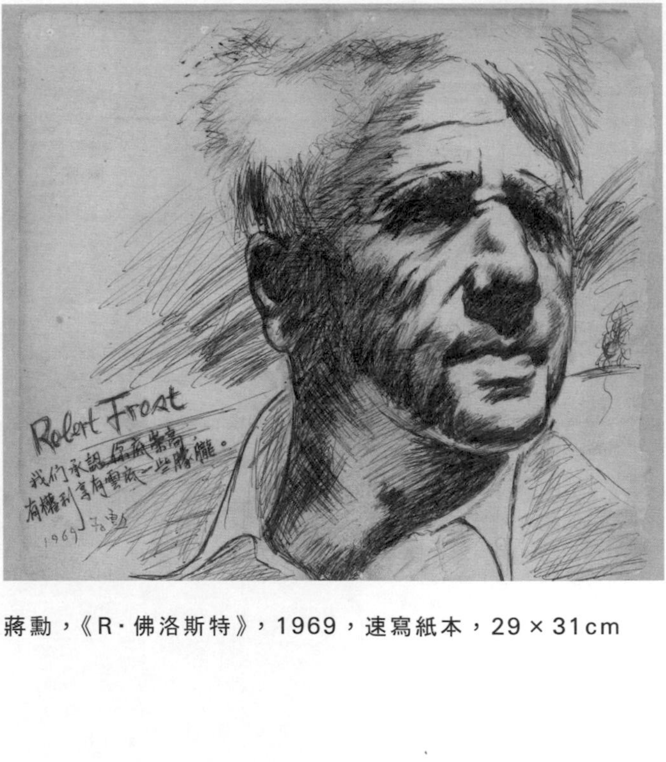

蔣勳，《R·佛洛斯特》，1969，速寫紙本，29 × 31cm

也覺得莫名的深沉的悲哀吧？

藝術於我竟是可有可無嗎？

大學以後在台北故宮上課，看書法，看長卷，看燒成片段的《富春山居》，看東京大火後留著餘燼的《寒食帖》，還是從心裡覺得荒涼。

斤斤計較藝術，會不會讀不懂《快雪時晴》，寥寥可數二十幾個字，不過是南朝文人醒來熱淚盈眶的一場夢，似真似假。

不只南朝就要過去，大唐繁華也一再複製臨摹，那是一場永遠醒不過來的一場夢吧。

「相尋夢裏路，飛雨落花中」，提筆寫宋晏幾道的句子，知道繁華若夢，飛雨落花，在路上有緣點頭相遇，同行同遊，也就珍惜罷了……。

台北市大龍國小第十四屆畢業照，1959年7月（第二排右四為蔣勳）

1960年代位於重慶南路、衡陽路口的東方出版社，是蔣勳初中時期最愛流連之地（東方出版社提供）

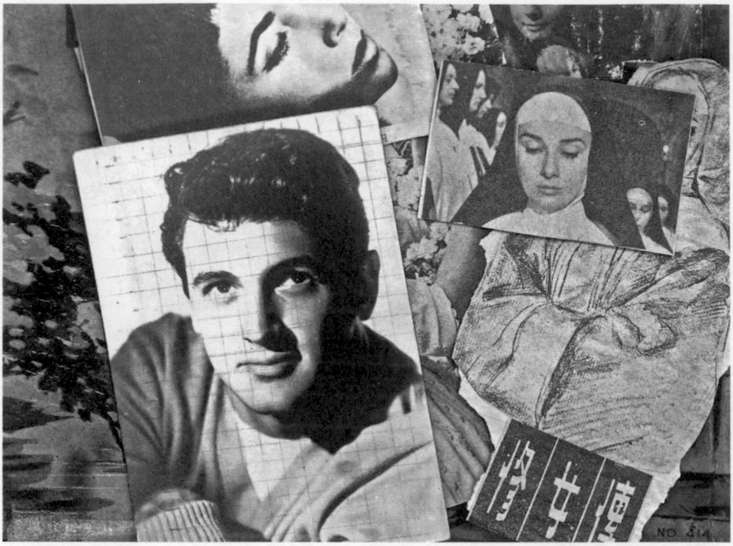

初中時期學習「寫真館」作畫，打格照片為好萊塢男星洛・赫遜(Rock Hudson)

強恕中學時期留影

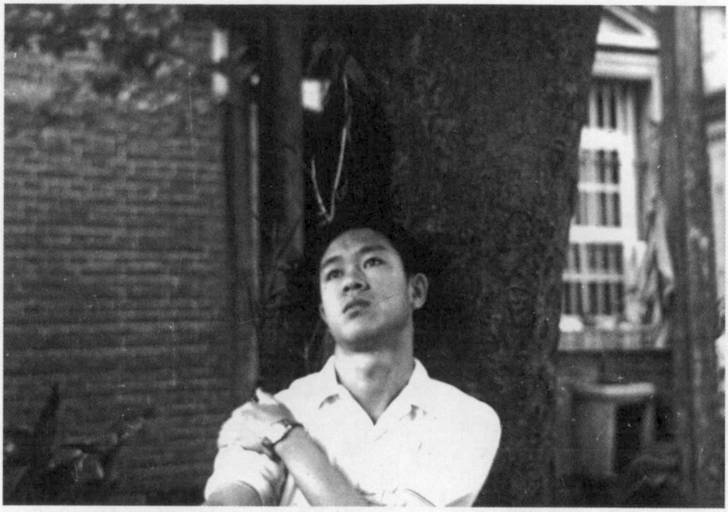

強恕中學時期留影

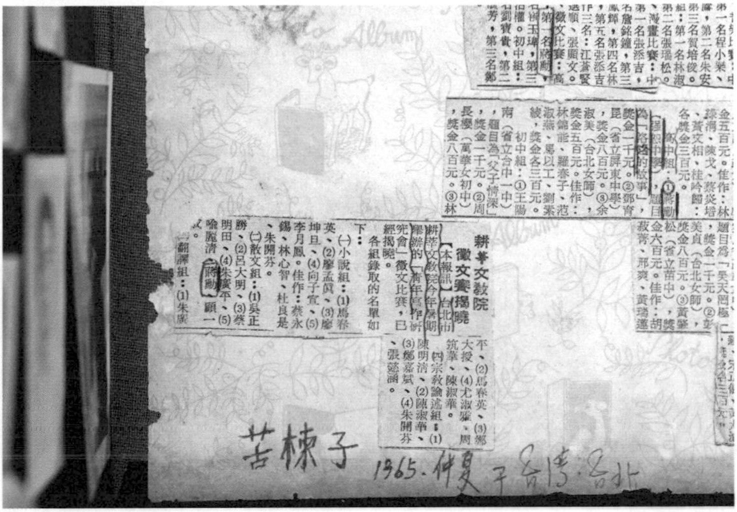

強恕中學時期參加各項文藝競賽，屢獲佳績

強恕中學時期恩師陳永善（映真）老師

1972年6月中國文化學院碩士畢業，與母親合影

1972 年 6 月中國文化學院碩士畢業，與父母合影

陸軍官校服役時期留影

陸軍官校服役時期任少尉排長，與軍中弟兄合影

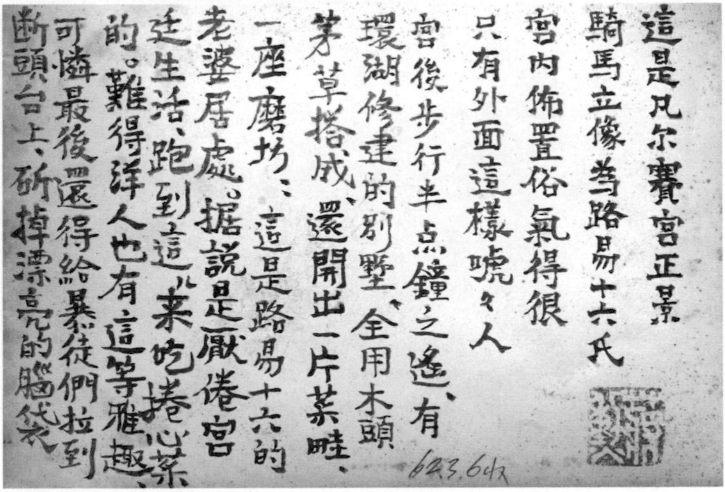

這是凡尔賽宮正景
騎馬立像為路易十六氏
宮内佈置俗氣得很
只有外面這樣唬々人
宮後步行半点鐘之遙、有
環湖修建的別墅、全用木頭
茅草搭成、還開出一片菜畦、
一座磨坊、這是路易十六的
老婆居處、據說是厭倦宮
廷生活、跑到這ㄦ來吃捲心菜
的。難得洋人也有這等雅趣、
可憐最後還得給暴徒們拉到
斷頭台上、斫掉漂亮的腦袋

623.6收

1973 年留學巴黎期間，與友人於凡爾賽宮前合影

1973年留學巴黎期間在聖母院前留影

插花的小女孩姚若潔，1977年5月（姚孟嘉攝影）

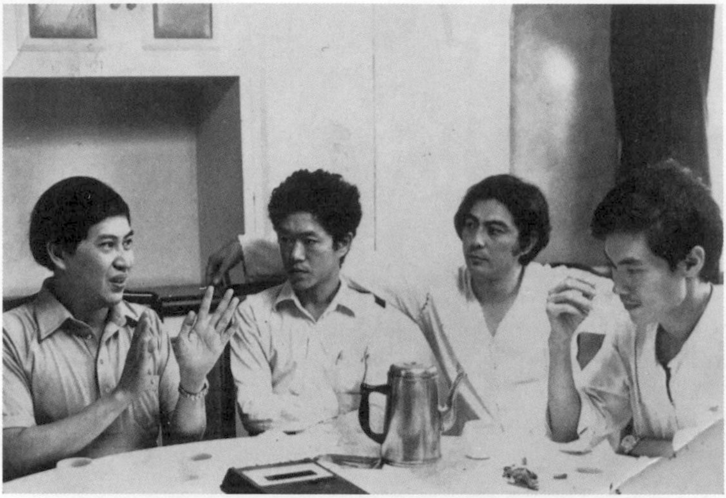

白先勇、蔣勳、許博允、奚淞合影

任東海大學美術系系主任時期留影

特別收錄

詮釋

「我不懂，眞的。我簡直不知道你究竟在寫些什麼。」

「噢，丁丁，爲什麼要談那些無聊的事。讓我們想點有趣的事來做不好嗎？」

「我眞的不懂。你一定自以爲Existentialism，很Camus，其實你從頭到尾都是賣弄，從標題開始到最後一個句點。賣弄，全是賣弄。」

「丁丁，幫我拿塊三明治好嗎？」

「你根本表現不出現代世界的恐懼和不安。你的良心沒有擺在時代的重壓下輾軋，所以你的作品沒有價值。」

「看，多好看的蚯蚓。牠這樣匆忙地往土裏鑽，牠一定很討厭我們的聲音。噓，丁丁，我們不要煩擾牠。」

「我現在跟你談問題是很嚴肅的。」

「哦，丁丁，妳知道妳現在這樣子有多滑稽。躺下來，丁丁，枕著我胳膊，讓我們想點有趣的事。」

「你對於現代思想接受得太少，你知道Jean-Paul Sartre嗎？」

「不知道。我只知道Jean-Paul貝蒙多那個有個長鼻子的法國男明星。」

「Oh，You are so pity，你該知道Sartre在現今世界上有著多麼了不得的光芒。他把人類的絕望描寫得那麼深刻，無路可通，只有他才能讓我感覺得出人類在現今世界裏所處的可憐境遇。天才，先知，Jean-

Paul Sartre萬歲。」

「丁丁，我喜歡妳的頭髮味，妳一定常常不洗頭才會有這種味道的，是不是？這種味道聞起來很性感。丁丁，把妳的手給我。」

「不要吮我的手指，躺過去一點。我不喜歡玩世不恭的人。你對生命漠不關心，雖然你在那篇文章裏用了好幾個生命、死亡這樣的字眼，可是你實在是什麼也不了解，你全然是在賣弄。」

「丁丁，我們應該每個星期天都來這裏曬太陽，日光使我快樂得要發瘋。」

「你不配享受日光，你全然沒有憤怒和叛逆的血液。你應該了解活在日光下的人要如何去掙扎。Sartre說：『我們皆是面對著死亡而完成各自的抉擇。』」

「哦，丁丁，爲什麼女人的腰總讓我想起紅泥火盆。」

「拿掉你的手，不要做那麼無意義的事。我們是年輕的一代，是知識分子，我們應該像Sisyphus那樣勇於承受生命。」

「噢，丁丁，我寧願妳只是個豐滿的女人。」

「我的良知不容許我沉默。我們要憤怒，要叛逆。我們來是要拯救人類的，不是隨之墮落。我們要擊碎命運。荒謬啊，這世界。人類，爲什麼你們不能感覺出生命的苦悶、孤獨、絕望。上帝不存在，我是自由的，我自己抉擇自己。我是憤怒的日光，是叛逆Eve的女兒……」

「丁丁，妳知道妳使我想起了什麼？」

「What？」

「漏水的抽水馬桶。」

我想她故做生氣狀的樣子一定很讓我肉麻，所以我一講完就趕緊抱起野餐盒子跑了。

倒在樹林裏的草地上的時候我氣喘得很厲害，很想好好地睡一覺。我把夾克揉成一堆枕在腦袋底下，縮起腳擺好一個很舒適的姿態。閉著眼仍能感覺得出樹隙間不時流轉過去的日兒和雲的陰影，我忽然覺得無比的幸福。不再有喧噪而無聊的詢問來煩瑣我，幸福實在是很容易體認的。

天氣變得如此燠熱，我解開襯衫前的一排扣子，忽然想起昨晚上剛寫好的一篇小說裏的一句對白：如果一個男人沒有了性慾會是多麼悲哀的事。

丁丁若是看了一定又會說她不懂，然後就用價值、意義、存在這樣偉大的字眼來鞭撻我可愛的句子。我一想起她說話時一付革命家的神情就忍不住要笑出來。

我爲什麼要想起丁丁？這裡多幽靜，現在我所感覺到的世界多舒適，我爲什麼要去想她？

我翻過身，用觸覺去了解這草野的友誼，我覺得愉快，就是要這樣愉快地活下去。丁丁，不要向我詢問，我也不懂，我只是要生活，愉快的生活。生活就夠了，爲什麼要去詮釋？

（一九六七年六月《華岡青年》第三期）

蔣勳作品

我無法使自己疲憊，一切熱誠對我是一種愛的耗損一種愉快的耗損。——《地糧》

我在這裡坐了將近兩小時。我想：今晚也許就要這樣坐著什麼事也做不成了。

這一整個濕潤的季節我都很難使自己去拾取一些滑稽來使自己不無聊，而且接連著好幾夜我都在失眠。

數著天花板上再也數不完的大方白格子，我懷疑起自己的失眠會否竟是一種倔強的抗拒。我實在無法解釋這抗拒的荒謬，也許它存在的本身原就沒有任何意義。比起可愛而深沉的倔強，抗拒是顯得很膚淺也很幼稚的。

不要要求我解釋什麼，你。讓我說：我好快樂，或者我好痛苦，我好憤怒都可以，但不要要求我解釋什麼。你知道我是不善於解釋自己情緒的人。快樂、痛苦、憤怒都能使我感覺到生命的愉悅與豐實，而唯獨解釋對生命是一項可鄙的褻瀆，如同寬恕對於一個死因一樣，不是拯救，而是侮辱。

當我們來時我們就該了悟到這點，唯一能使懲罰顯得光耀而有力的不是赦免，而是苦刑。

於是我說：死亡是給生者一項至大的報償，唯有整個承受下生命剮心的苦楚的人才有權利去接納死亡所賜予的至大的榮耀。

有好幾天我都在思索著同一的問題，找不到答案的苦慮使我焦心，但很可能我又會在一次輕微的顛簸裡把全部的思索遺忘，再去捕捉另一個新的未知。

在閒閒的漫步裡亦忙碌而慌張地冥遊飛撞，因此，即使是一個上午的盤坐也使我感到疲倦。我疲倦時就依靠著那株已被蝕空了的枯樹。藉著它，才使我覺得一山新綠的葉子全是希望。

把厚厚的西洋文明史攤在桌上，很想看幾頁地瞪視著白粉壁上一隻找不到途程的甲蟲蠕蠕轉動愚蠢的身軀時的不安與無望，我就拿起文明史把牠夾死。

四面八方的自我的心不抉擇去向，只爲這一個足跡安排下一個踏實的印記。

背負下舊的承繼爲的是要再去做新的探索。不斷的開拓與不斷的捨棄才是成長，傳統與創新的接合方能造成文明的延續。

鐘敲十一下。我推開窗，一片乍見的灰色裹我。瘦瘦長長的燈桿長街上鈎一圈寂寞。

遠行的說那裡三隻腿的凳子荷不住他重重的憤怒，乃以路爲神，馱流浪的行程皈依流浪。

而寺廟裡燙疤的額沒有一個整圓的企冀，只坐著期候一扇蒲團載他去神的國度。

神。

我說時我正看完《地糧》，於是我就拋開一切書與以往，赤著足去衝撞紗帽山蜿折的泥土小路。在草坡上滾好幾個童年，沐好些世紀的流星雨，然後醉死於一片泉聲。

當我說：

神。

……

（一九六七年一月《華岡青年》第二期）

一顆小石子

覺得很冷。這總是冬天了吧！

踏著迷濛的夜歸去，路燈拖著長長的影子。沉沉落落的思緒，是釋然，又是沉重。一串串撲捉不完的夢幻，像天上的星星，眨著，眨著……。

也許，我們太相像，又太了解。你怕，怕你已經平靜了的生活會再度被掀起浪潮，因爲我的闖入。

「作弄人！作弄人！」你嚼著牙的樣子很苦，為何如此自尋煩惱。

也許我們不該相識。至少也別認識得那麼早。十七歲這正是一個容易踏步在懸崖邊的年齡，而你是在苦待，我又急於尋求。

「誰的安排？」探敲著桌子，震碎了那尊小小的石膏像。別這樣！假如你是為了要做給我看，那你畢竟錯了。像拾回那些石膏的碎片一樣，我仍有力量承負你交還給我的一片破碎，雖然我付出時沒有一絲殘缺。

「忘了吧！」我說。別儘望著我，別裝著那樣無限深情似地望我。貧疚的總不會是我，而我卻要硬張著眼眶，為了容納更多的不幸。「忘了吧！」我仍如此說。

這是你的預感。你預感我們的未來會像我送你的那本散文集一樣的：「沒有一個好的結局」。很悲慘，是嗎？其實那些故事你該早就忘的，像明天你就會忘了我們之間的故事一樣。

「唉！算了！我自己走。」合攏在我背後的綠漆大門關住了一室的黑暗。幸好，我還有舉步的勇氣，不至於像你說的那般懦弱。

你說我會恨你。會嗎？多好笑，我怎會如此傻。你說假如你是我你會的。可是那是你，那是你啊！

我很願意聽你的勸告，「把感情隱藏‧部分」。也許我會做得更徹底；全部、並且永遠隱藏。我是一隻不吉祥的鳥，不必在塵世駐足，而讓別人也沾染到不幸。我也要去尋找平靜，而那旅程一定很讓我困乏，一定。

踢開一顆小石，它滾到前面的石堆裏，仍是許多顆小石裏的一顆，僅是一顆很平靜地匿藏著自己。

星星落了好多。又升了好多。我，只願是那一顆小石，沒有光芒，沒有愛，也沒有恨。靜靜地落在哪兒，永遠，永遠……。

（一九六五年三月一日《中國語文月刊》）

一朵小花

　　春天的碧潭，一朵朵的花爭奇鬥豔地開著，舞著，而在山麓的一角，一朵淡紫色的小花靜靜地占著那陰暗的一隅，在萬花叢中，她顯得那麼突出，那麼孤單……一隻蒼白纖細的手緩緩地投進了我的視線，她企圖侵害這朵小花？！

「妳不認為這是罪惡？」我憤怒地在她背後叫著，她回過了頭，迷惘地望著我，半晌才啓開了蒼白的雙唇說：「你不知道『罪惡有時也會造成善果』？」

「那是莎士比亞的謬論。」我說。

「莎士比亞和謬論是能夠擺在一塊兒的嗎？」

「這是我個人的觀點。」

「你就藉這觀點來表現你的獨特？」她似乎有意要和我開辯論會，我望著她那帶著挑戰意味兒的鼻尖說：「我承認我是獨特的，可是妳這個反對獨特的人豈不更獨特？」她笑了，笑得好靜、好冷……收回了那隻蒼白的手，壓在那條長得出奇的黑布裙上。

我轉身摘下了那朵淡紫色的小花湊在她的面前說：「可願意接受我的奉獻？」

「現在你不認為這是罪惡了？」她似乎抓到了報復機會了。

「沒有人會把奉獻的禮物解釋成罪惡吧！」

「任何人付出禮物都會寄望於一個目的！你呢？」她問。

「妳懼怕我索取的報酬太高？」我反問她。
「這是交易上的程序啊！」
「友誼也能用『交易』來衡量嗎？」
「男女之間的感情是否不該用友誼來概括？」
「那麼說是『愛情』？」
「對了！愛情！你不認為這是一種交易？」她說。
「呵！天啊！一朵花的贈禮也能涉及那麼遠嗎？」
「但是我卻該提防？」
「提防它？」我舉起了手中的小花，搖了搖。
「不，是邱比特的金箭。」
「邱比特的金箭？」我疑惑！我茫然！我不知道這些字句代表著什麼？是憂？是喜？是茫目的串連？抑或是明智的抉擇？我只楞著。

「怎麼？你不認為這是每個少女所該提防的？」她問著。

「可是二十世紀的少女大都拆除了這圈柵欄。」

「可是，你也別忘了反對獨特的我是不屬於二十世紀的。」她走了，一件黑色的毛線衣，一襲黑布長裙裹著那個纖弱、清瘦的身子，在綺豔的人群裏顯得那麼突出，那麼孤單……

「是的，反對獨特的人才最獨特，妳是不屬於這個世紀的。」我自語著，手中的小花落在地上，風帶走了它。

（一九六四年十一月一日《中國語文月刊》）

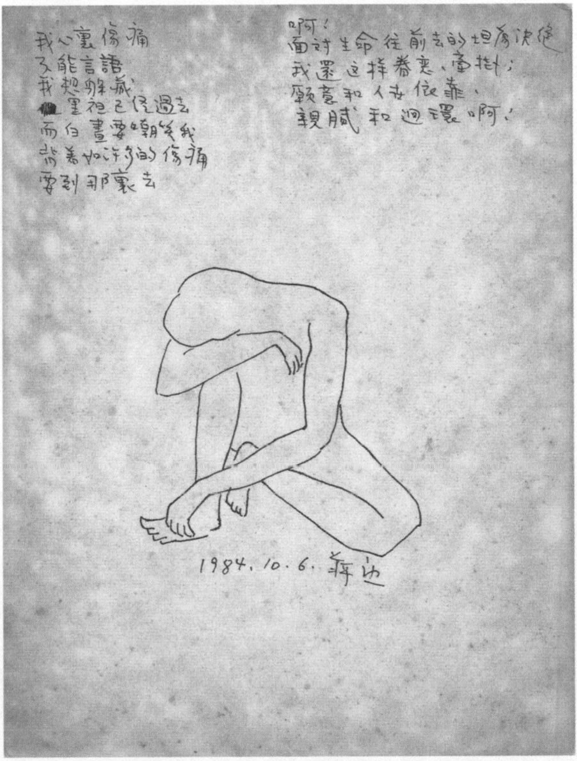
我心裏傷痛
不能言語
我想躲藏
而白晝要嘲笑我
背著如許多的傷痛
要到那裏去
啊！
面對生命往前去的坦蕩決絕
我還這樣眷戀、牽掛；
願意和人去依靠、
親膩和迴還啊！
1984.10.6. 蔣勳

蔣勳，《人物速寫》，1984，素寫紙本19.3×27cm

我的文青時代

看世界的方法245

作者——蔣勳
圖片提供——蔣勳

封面設計——陳二旭
內頁設計——吳佳璘
編輯協力——洪燕
責任編輯——林煜幃

社長——許悔之
總編輯——林煜幃
副總編輯——施彥如
美術主編——吳佳璘
主編——魏于婷
行政助理——陳芃妤

董事長——林明燕
副董事長——林良珀
藝術總監——黃寶萍

策略顧問——黃惠美．郭旭原
郭思敏．郭孟君
顧問——施昇輝．林志隆
張佳雯．謝恩仁
法律顧問——國際通商法律事務所
邵瓊慧律師

出版——有鹿文化事業有限公司｜台北市大安區信義路三段106號10樓之4
T. 02-2700-8388｜F. 02-2700-8178｜www.uniqueroute.com
M. service@uniqueroute.com

製版印刷——沐春行銷創意有限公司

總經銷——紅螞蟻圖書有限公司｜台北市內湖區舊宗路二段121巷19號
T. 02-2795-3656｜F. 02-2795-4100｜www.e-redant.com

特別感謝——谷公館 MICHAEL KU GALLERY

ISBN——978-626-7262-49-8
初版——2023年12月
定價——380元

我的文青時代／蔣勳 著 —初版．— 臺北市：有鹿文化 2023.12．面；（看世界的方法；245）
ISBN 978-626-7262-49-8　　863.55..................112017810